KB260508

Mr. 박을
찾아주세요

Mr. 박을 찾아주세요

박현숙
장편소설

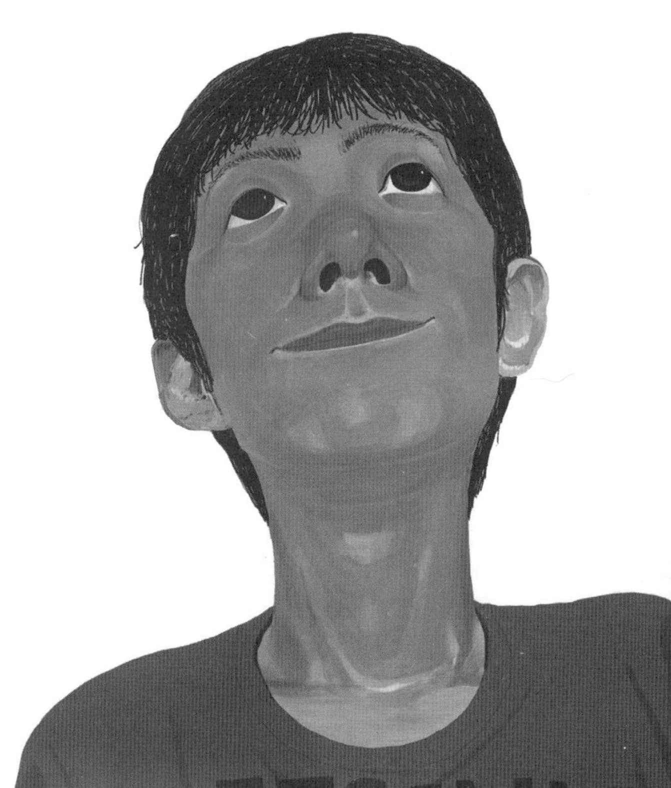

|주|자음과모음

차례

100%는 없다

바퀴벌레 완전 박멸!

100% 만족!

"요즘에도 바퀴벌레가 있나?"

검은색 바탕에 은빛 레이스가 달린 양산을 쓴 여자가 걸음을 멈췄다. 입에 바퀴벌레라도 들어간 듯 인상을 쓰던 여자는 고개까지 절레절레 흔들며 어깨를 털어냈다.

"아직도 이런 걸 사는 사람이 있나 보네."

좌판을 가로막고 영업 방해다. 사는 사람이 있으니 파는 사람이 있는 거지. 가던 길이나 갈 일이지. 저런 말을 들으면 바퀴벌레를 완전 박멸하고 싶어 애가 타는 사람도 선뜻 약을 사겠다고 나서기는 어렵다.

"아파트마다 한 달에 한 번 소독을 하는데 저게 왜 필요해?"

아줌마! 사람들이 모두 아파트에 사는 거는 아니거든요.

여자가 기다리는 버스는 몇 번일까?

24번이 지나가고 22번도 지나갔다. 여자는 꿈쩍하지 않았다.

빨갛게 칠한 여자의 입술이 오물거렸다. 또 무슨 말이 하고 싶어서.

나는 건너편 '강내과' 입구를 뚫어져라 쳐다봤다. 꼭 두 시간 전 박생은 저 문으로 들어갔다. 그러고는 코빼기도 안 보인다. 대체 병원에서 뭘 하는 걸까? 링거를 맞을 리는 없다. 링거 맞을 돈이 있으면 술을 마실 박생이다. 박생은 세상에서 제일 맛있는 음식은 술이라고 했다.

간에 허옇게 염증이 생기고 부어오르고 그래도 박생은 술을 마셨다. 바퀴벌레약을 떼올 돈까지 몽땅 바쳐 밤새 마시고, 어떤 날은 돈이 없어 바퀴벌레약을 술값 대신 내고 마신 적도 있다. 허름하고 낡은 술집에서는 그런 게 통했다. 어차피 그런 집에서는 술을 판 돈으로 바퀴벌레약을 사야 하니까.

혹시 술을 마시러 간 것은 아닐까?

정수리를 파고드는 햇볕에 머리가 터질 것 같다고, 머리 터지는 것까지는 봐줄 수 있는데 눈알까지 빠지겠다며, 내 눈알 빠지면 누가 니네들 먹여 살리겠냐고, 좌판을 아침에 벌이지 않으면 자리를 뺏긴다며, 밤새 잠도 안 재우고 달달 볶아대더니.

그래서 따라나섰다. 학교야 원래 지각을 밥 먹듯 하니 좀 늦어도 상관없고. 우리 먹여 살리는 게 박생은 아니지만 그 소리를 계속 듣느니 따라나서는 게 속 편하다. 그래서 엄마도 어쩔 수 없이 병원 다녀오는 동안 잠깐 좌판 옆에 있다가 학교에 가라고 말한 거다.

"가게 단단히 보고 있어라. 누가 목을 빼고 쳐다보면 사고 싶어 그러는 거니 바짝 달려들어 팔아야 한다. 요런 약은 냉큼 사는 걸 공연히 부끄러워하는 사람도 있다. 참 나, 왕년에 바퀴벌레랑 한 지붕 밑에서 같이 잠 안 자본 사람 있으면 나와 보라고 해라. 그게 뭐 부끄럽다고."

버스 정류장에 좌판을 벌여놓기 무섭게 박생은 신신당부하더니 병원으로 향했다. 정말 엄청 아파서 견딜 수가 없다는 듯 횡단보도가 있는 곳까지 가지도 못하고 무단 횡단을 했다.

아침 일찍 환자들도 많이 없을 테고, 기다리는 시간 넉넉잡아 십 분, 진료 시간 십 분, 주사 맞는 데 십 분, 삼십 분이면 볼일 다 봤을 텐데. 삼십 분도 넉넉잡아 후하게 잡아준 시간이다.

"학생."

빨간 입술을 계속 오물거리던 여자가 가까이 다가왔다.

"정말 100% 맞아?"

"예?"

"왜 말귀를 빨리 못 알아들어?"

여자는 신경질을 부리더니 주위를 힐끔거렸다.

"정말 이 약이 바퀴벌레 완전 박멸하느냐고?"

여자는 목소리를 낮췄다.

"……."

"얼마야?"

여자는 재빠르게 지갑을 열었다.

"만 원……."

말이 끝나기 전에 여자가 내 손에 돈을 쥐어주었다.

"검은 봉지에 얼른 넣어줘. 내 친구 집에 선물하려고 그래."

선물하겠다고? 과일도 있고 음료수도 있고 빵도 있는데 하필 바퀴벌레약을? 나는 천천히 좌판에 매달아놓은 비닐봉지를 한 장 떼어냈다.

"답답해."

여자는 약이 봉지 안으로 다 들어가기도 전에 비닐봉지를 낚아챘다. 그리고 막 정차하는 24번 버스에 바람처럼 올라탔다.

선물로 바퀴벌레약을 받으면 기분이 어떨까? 고맙다는 말이 선뜻 나올까, 아니면 어쩔 수 없다는 듯 받아들까. 선물하는 사람은 바퀴벌레약을 포장을 해서 줄까, 그냥 줄까? 생각하지 않아도 될 생각들이 머릿속을 뱅뱅 헤엄쳤다.

"무슨 생각을 그리 하냐?"

멀어지는 24번 버스를 멍하니 쳐다보는데 누군가 내 어깨를 힘껏 내리쳤다. 박생이었다.

"팔았나?"

박생은 재빠르게 좌판 위를 살폈다. 얼굴이 누렇게 뜬 게 핼쑥했다. 박생은 며칠 감지 않아 떡 진 머리카락을 손가락으로 쓸었다. 뒤통수 쪽 머리카락이 납작하게 죽어 있었다.

"병원 들어간 김에 한숨 자고 나왔다. 그래도 괜찮다. 내가 저 병원에 갖다 바친 돈이 얼마인데."

박생은 혼잣말처럼 중얼거렸다.

박생이 강내과에 갖다 바친 돈이 얼마나 될까. 또 생각하지 않아도 될 생각이 꼬물거렸다. 박생이 거의 대부분의 돈을 갖다 바친 곳은 강내과가 아니라 술집이다.

"있을 거냐, 그만 갈 거냐? 와 이리 눈알이 빠질라 하나?"

박생은 좌판 옆에 쪼그리고 앉았다. 바퀴벌레라고 쓴 글씨가 묘하게 박생과 잘 어울렸다.

"내가 오늘은 영 몸이 이상하다. 네가 있어주면 좋고……."

가지 말라는 말이다.

“아니다. 너네 엄마 지랄한다. 그만 학교 가라.”

“열두 시입니다.”

나는 있는 대로 심통 난 목소리를 냈다. 엄마가 지랄하는 걸 알고 내가 학생인 걸 생각하고 있었다면 한숨 자고 나오지는 말았어야지. 좀 전까지 전혀 불만이지 않았던 불만이 가슴에서 차오르기 시작했다.

“니 눈에는 열한 시 삼십 분이 열두 시로 보이냐?”

박생이 휴대전화를 들이밀며 따지고 들었다.

“얼른 집에 가서 가방 가지고 가면 점심은 학교에서 먹을 수 있겠다. 가방은 무슨, 그냥 바로 가라. 교복 입었으면 됐지.”

학교가 무슨 식당도 아니고 점심시간 맞춰서 밥 먹으러 가라고? 쪽팔리게. 물론 점심 급식은 내가 학교에 가는 이유 중 큰 비중을 차지하는 거는 맞다.

“어서 가라. 니네 엄마 지랄하면 머리 터져 눈알 빠진다.”

그 눈알은 간수하고 다니기도 힘들겠다. 이리 빠지고 저리 빠지고.

천천히 걸었다. 밥을 먹으려면 열두 시까지는 학교에 가야 한다. 하지만 어차피 학교에 갈 생각은 없다. 열두 시 다 되어 헐떡거리며 뛰어 들어가 급식을 받는 폼은, 아무래도 좀 빠진다.

나는 한참 걷다 뒤돌아봤다. 박생은 여전히 좌판에 기대 앉아 있었다. 멀리서 봐도 후줄근하다.

엄마는 그 말을 믿었을까? 박생이 학교 선생이었다는 말, 그래서 한국에서도 살 만하다는 말을 말이다. 과연 완전 100% 믿었을까? 만 원짜리 바퀴벌레약을 사면서도 정말 100% 믿어도 되느냐고 사람들은 묻는다. 열이면 열 다 묻는다.

평생을 바퀴벌레가 득실거리는 집에 살았기 때문에 바퀴벌레가 어떤 약에 약한지 훤히 알고 있다는 박생의 말, 100%라고, 품질 보증한다고 큰소리치는 박생의 말을 100% 믿는 사람은 아무도 없다.

그것은 이 세상에 100%라는 것은 존재하지 않는다는 말일지도 모른다. 엄마는 바퀴벌레약을 사는 것도 아니고 엄마의 남은 인생이 달린 문제였는데 몇 프로나 박생을 믿었을까? 아니, 엄마의 인생만이 아닌 어쩌면 아들의 인생까지 송두리째 달린 문제였을 텐데.

엄마는 결혼할 여자를 찾아 바다 건너온 한국 남자들을 네 번이나 만났었다. 엄마에게 선택권은 없었다. 열한 살짜리 아들까지 딸린 여자가 선택권을 가진 남자들에게 선택받기란 쉽지 않았다.

세 번을 딱지 맞았다. 네 번째 만난 사람이 박생이었다. 왕년에 학교 선생이었다고 자신을 소개한 박생. 엄마는 그 사람이 박씨라는 이유로 며칠 밤잠을 못 이룰 정도로 흥분했다. 엄마는 이름도 모르는 '미스터 박'이라는 사람을 십 년 넘게 줄기차게 찾아왔고 찾지 못할 거라는 결론에서도 늘 아쉬워했으니까.

박생의 이름은 박봉권 씨다. 엄마가 박봉권 씨를 박생이라고 부른 이유는 '박선생님'이라고 발음이 제대로 되지 않은 이유다. 처음에는 박생님이었는데 육 년을 사는 동안, 어느 순간 '님' 자가 빠지고 박생이 되었다.

엄마가 '님' 자를 뺀 이유는 여러 가지다. 하지만 가장 큰 이유는 한국에서는 '님' 자를 괜찮은 직업을 가진 사람이나 존경하는 사람들에게 붙인다는 거다. 박생은 아무리 뜯어봐도 '님' 자를 붙일 만한 구석이 없다.

학교 선생님이고 웬만큼 살 거라는 엄마의 기대는 한국에 도착하여 박생의 집에 들어서는 순간 산산조각 났다. 반지하에 빛도 제대로 들지 않는 방. 남루한 가구에 귀퉁이마다 스펀지가 튀어나오는 이불이라니.

그래도 방이 두 칸이니 다행이라고 안도의 숨을 내쉬며 마음을 다독일 때, 그러니까 한국에 도착하여 딱 일주일 되던 날, 박생의 아들이라는 아이가 왔다. 박생에게 아들이 있다는 말은 금시초문이었다.

한 일 년 누님 집에 맡겨났었지.

박생은 뻔뻔스러울 만큼 당당했다. 하긴 서로 아들 하나씩 있으니 구색이 제대로 맞는 듯했다. 굳이 따질 일이 아니었다.

나보다 세 살 어린 둥이. 원래 이름은 박두웅인데 박생이 둥이라고 불러 나도 엄마도 그렇게 부른다.

휴유~.

정말 오전부터 무진장 덥다.

나는 편의점으로 들어갔다. 배꼽시계라는 놈은 정확하다. 열두 시면 어김없이 밥을 채워주다 보니 그 시간이면 영락없이 배가 고프다.

컵라면을 샀다. 진짜 매워서 한 젓가락 먹는 순간 눈물이 쏙 빠진다는 신제품이다. 신제품이라서 값도 비쌌다. 집 앞, 식당에서 파는 장터 콩나물국밥 값과 거의 비슷했다. 뜨거운 물을 부으며 국밥을 먹을 걸 그랬나, 잠깐 후회했다.

엄마는 내가 라면을 먹는 걸 싫어한다. 한참 자랄 때 그런 음식을 먹으면 키가 크지 않는다는 이유다. 나는 키 작은 유전자를 갖고 태어났다고 했다. 엄마 키가 작지 않은 걸 보면 엄마가 그렇게도 애타게 찾던 박씨, 그러니까 '미스터 박'의 키를 가늠해볼 수 있다.

청양고추를 썼나? 아니면 그 맵다는 베트남 고추? 정확하게 3분 뒤, 컵라면 뚜껑을 여는 순간 눈물이 핑 돌았다. 한 젓가락 먹지 않아도 되게 맵다. 눈물이 났다. 천장을 바라보고 눈을 끔벅였다.

그때 코를 휘감는 향긋한 냄새.

나는 얼른 고개를 바로 했다. 나와 똑같은 컵라면을 사 들고 온 수통 앞으로 걸어오는 저 아이. 같은 반 강파랑이었다. 눈을 마주

치지 않으려고 고개를 돌리는 순간 눈에 맺혀 있던 눈물이 똑 떨어졌다. 나는 얼른 팔뚝으로 뺨을 문질렀다.

"어, 너?"

강파랑 목소리가 커서 나도 모르게 강파랑을 바라보고 말았다.

"너도 학교 안 갔니?"

강파랑이 피식 웃었다. 쟤가 나한테 말을 걸다니.

강파랑은 적당량을 표시한 금을 무시한 채 컵 가득 뜨거운 물을 부었다. 강파랑에게서 나는 향수 냄새에 매운 냄새가 묻혔다.

"하나 먹어."

강파랑은 삼각김밥 세 개 중에 하나를 내밀었다. '먹을래'도 아니고 완전 명령조다. 나는 주춤거리며 한 발 뒤로 물러났다.

강파랑은 왜 학교에 가지 않았을까? 나와는 달라도 너무 다른 강파랑이다. 공부도 제법 하는 것 같다. 물론 나는 강파랑의 성적표를 본 적이 없어 정확한 성적은 모른다. 하지만 공부 좀 하는 아이들의 얼굴은 그렇지 않은 아이들과 분명 다르다. 뭔가 도도하다. 강파랑에게는 그런 도도함이 있다. 게다가 그럭저럭 잘난 외모가 그 도도함을 더 빛나게 한다. 나는 학교에서 단 한 번도 강파랑과 말을 해본 적이 없다. 말은 무슨, 눈도 마주친 적 없다.

"먹으랬잖아. 못 들었니?"

공연히 짜증이다. 강파랑은 삼각김밥 껍질을 벗겨 내밀었다. 안 받으면 한 대 칠 얼굴이다. 나도 모르게 오른손이 나갔다.

"오늘 여기서 나 본 거 아무에게도 말하지 마. 나는 지금 병원에 있는 거거든."

오늘 병원에 가는 사람 참 많다.

"물론 네가 남의 일을 떠벌이고 그런 아이가 아니라는 거는 알지만, 혹시나 해서 하는 말이야."

사람 잘 보긴 잘 봤네. 떠벌이고 싶어도 내 말을 들어줄 놈도 없다. 그리고 더 중요한 건 내가 남의 일에는 관심이 없다는 거다.

강파랑은 나머지 삼각김밥 두 개와 컵라면을 먹은 뒤 편의점에서 나갔다.

강파랑이 이 동네에 웬일일까. 강파랑은 왜 학교에 가지 않고 여기에 온 것일까? 강파랑은 학교 옆에 있는 아파트에 사는 걸로 아는데. 아이들과 어울려 그쪽으로 가는 걸 본 적이 있다.

나는 또 생각하지 않아도 될 것을 생각하고 있었다.

웃는 병

학교에 가지 않는 날 하루는 길다.

육 년 동안 벗어나지 못한 반지하 방. 그래도 장점은 있다. 장마철, 사방에서 피어나는 곰팡이를 너그러운 마음으로 바라볼 준비만 되어 있다면 여름 한철은 그럭저럭 천국이다. 에어컨이 없어도 선풍기가 없어도 시원하다.

나는 찬 바닥에 배를 넙죽 깔았다. 방바닥에서 퀴퀴한 냄새가 올라왔다. 하지만 육 년을 사는 동안 그 냄새 또한 내 몸의 일부가 된 듯 편안하다. 체온으로 바닥이 뜨뜻해지면 애벌레처럼 꿈틀거리며 옆으로 옮겨갔다.

참 길다.

백 번도 넘게 자리를 옮겨가며 애벌레 놀이를 했다. 그래도 겨우 네 시다. 벌렁 누워 얼룩진 천장과 마주했다.

강파랑은 왜 우리 동네에 왔던 걸까?

도도하고 찬바람이 부는 아이가 나에게 말을 걸다니. 불과 몇 시간 전 일이 마치 꿈같다.

끼익~.

닳을 대로 닳아 괴상망측한 소리를 내는 문이 열렸다.

"청바지 혀엉."

땀으로 번들거리는 얼굴에 웃음을 가득 담은 둥이가 들어왔다.

저놈의 청바지 형이라는 소리.

내 이름은 리바이다. 청바지 브랜드 중에 내 이름과 비슷한 것이 있다. 내가 처음 한국에 온 날 박생은 나를 청바지라고 부르며 깔깔거렸다. 그래서 둥이는 나를 청바지라고 부른다. 둥이는 머릿속에 한 번 입력시킨 것은 절대로 바꾸는 법이 없다. 한 번 청바지는 영원한 청바지다.

"이거 먹어."

둥이가 뒤로 감췄던 한쪽 손을 불쑥 내밀었다. 으깨져서 보기에도 불쌍한 케이크 조각이었다. 원래는 크림 케이크인 모양인데 얼마나 주물러댔는지 땟국이 묻어 초코 케이크 같았다.

"됐어."

둥이가 한 번 권한 거는 절대 사양할 수 없다는 걸 알면서도 고개가 저절로 저어졌다. 저런 꼴의 케이크를 먹고 싶은 사람은 아무도 없을 거다. 배가 고파 미치기 직전이라면 또 모를까.

"먹어."

"됐다고 했지, 꼴통아. 너 같으면 먹겠냐?"

표정을 되도록 험상궂게 만들었다.

둥이는 다른 사람과는 약간 다르다. 이 세상을 살아내기 위한 준비가 조금은 부족한 아이. 아~ 그래 좋다, 딱 잘라 쉽게 말하자면 모자란 아이다. 칭찬을 받아도 웃고 야단을 맞아도 웃는다. 아파도 웃고 화나도 웃는다. 나는 육 년 동안 둥이와 살며 오로지 웃는 둥이 모습만 봤다.

박생의 누나는, 그러니까 둥이의 고모는 둥이가 웃는 병을 가지게 된 것은 다 세 번째 년 탓이라고 했다.

웃는 병, 병도 경우에 따라 미화될 수 있다는 것, 그러면 훨씬 아름답게 들린다는 걸 나는 그때 알았다.

둥이는 열네 살이 되는 지금까지 네 명의 엄마가 있었다. 지금 우리 엄마까지 합하면 다섯 명이다.

첫 번째 엄마는 둥이를 낳아준 엄마다. 둥이를 낳고 석 달 만에 도망갔단다. 두 번째 엄마는 둥이가 두 살 때 들어와 딱 일 년을 살다 또 도망갔다고 했다. 이유는 잘 모른다. 둥이 고모는 이유는 싹둑 잘라먹고 도망간 썩을 년들이라며 침을 튀어가며 욕을 해댔다.

세 번째 엄마는 둥이가 네 살 때 들어와 삼 년을 살았는데, 그 여자는 이유 없이 둥이를 미워했다고 한다. 운다고 애를 두들겨 패고 밥까지 굶기는 전형적인 계모라고 했다. 둥이 고모의 말을 빌리자면 멀쩡했던 둥이가 개 맞듯 맞고 굶어서 이상해졌단다. 둥이가 웃는 병에 걸린 것도 그때부터라고 했다. 울면 때리니까 무조건 웃었다고 한다.

둥이 고모 말이 맞는지 맞지 않는지 그건 모른다.

삼 년을 애를 두들겨 패고 살았던 세 번째 엄마가 가고 곧 네 번째 엄마가 왔는데 겨우 한 달을 채웠다고 했다. 우리 엄마가 육 년을 살고 있으니 가장 오래 살고 있는 셈이다.

둥이는 주물럭거려 반은 밀가루 반죽처럼 변한 케이크를 기어이 내 입에 넣었다. 그러고는 기쁨의 브이를 그렸다.

"꼴통 같은 놈, 에이 더러, 퓟퓟."

욕을 해대고 케이크를 모두 뱉어냈다. 둥이가 웃는다. 입에 넣어줬다는 것만으로 만족하는 거다.

불쌍한…… 오죽하면 웃는 병에 걸렸을까.

둥이가 내미는 것을 내가 끝까지 물리치지 않는 이유다. 아니, 좀 더 솔직하게 말하자면 이렇다. 한국에 처음 왔을 때 나는 곧 죽을 것 같았다. 총알처럼 빠르게 날아와 귓전에서 우수수 쏟아져 내리는 낯선 말들. 한마디도 알아들을 수 없는 답답함은 내가 태어나 느낀 고통 중 최고였다. 상대가 웃으며 말하면 나도 슬쩍 웃었고 화를 내는 것 같으면 고개를 숙인 채 죽은 듯 있었다. 듣지 못하니 입을 열 수도 없었다. 영영 내 귀와 입은 그대로 꽝꽝 막혀버릴지도 모른다는 불안감에 잠을 잘 수가 없었다. 그즈음 나는 누구와도 눈을 마주칠 수 없었다. 눈을 통해 내 마음을 들킬 것만 같았다. 내 고통, 괴로움, 불안함 그런 것을 다른 사람에게 들킨다는 것, 왠지 자존심 상하고 싫은 일이었다. 그래서 귀 막히고 입 막힌 김에 눈까지 감아버렸다.

그 고통의 시간들 안에 둥이가 들어왔다. 둥이는 웃었다. 나와 눈이 마주쳐도 내 마음에는 관심조차 없는 눈빛이었다. 자신이 하는 말을 알아듣게 하려는 부담감도 주지 않고 대답도 바라지 않고 그냥 웃었다. 둥이의 의미 없는 웃음은 내 고통을, 불안함을 완화시키는 역할을 톡톡히 했다.

박생이 일찍 왔다. 오전보다 얼굴이 더 누렇게 떴다. 입술은 쩍쩍 갈라지고 눈이 휑했다.

"아부지."

둥이가 박생 품으로 달려들었다. 덩치는 산만 한 놈이. 징그럽다.

"덥다. 매미처럼 달라붙지 좀 마라."

박생은 등이를 뿌리치고 방바닥에 벌러덩 누웠다.

오늘은 일찍 모이기로 약속한 날인 것 같았다. 엄마도 올 시간이 되지 않았는데 왔다.

"학교는?"

엄마는 내 얼굴을 보자마자 물었다.

"……."

"갔어?"

"예."

엄마가 안도의 숨을 내쉬었다.

밥도 먹을 수 없는 가난. 그 가난 때문에 엄마는 한국을 택했다. 내가 결석하지 않고 꼬박꼬박 학교에 가는 것만으로 엄마는 몇 가지 위안을 받는다. 학교에 가면 영양소를 제대로 갖춘 밥을 먹을 수 있다는 것이 첫 번째다. 그리고 가난이라든가 모든 핸디캡에서 탈출할 수 있는 방법은 죽어라 학교를 다니는 것이라고 했다. 학교는 그 모든 걸 해결해주는 역할을 한다는 거다. 그저 학교에 다니는 것만이 능사는 아닌데 엄마는 그렇게 믿고 있다.

"가기 싫다는 거 내가 억지로 보냈다."

박생이 말했다. 저 거짓말. 박생은 어느 경우든 자신이 유리한 쪽으로 말을 둘러댄다. 일의 전말을 뻔히 알고 있는 상대가 바로

코앞에서 눈을 부릅뜨고 있어도 상관하지 않는다. 하긴 가기 싫어
했다는 말은 맞다.

"학교는 가야 해. 한국, 공부 많이 해야 해."

엄마는 박생 말을 곧이곧대로 믿는 눈치다.

공부! 공부에 대한 절실함이 아직은 없다. 한국에 온 지 육 년이
지났지만 한국말은 여전히 어렵다. 공부 시간에 삼분의 이는 다른
생각으로 채운다. 용케도 중학교 삼학년까지 버텼다. 공부를 한다
는 것보다는 인고의 세월이라는 표현이 더 맞다. 도 닦는 거다. 나
와 같은 시기에 필리핀에서 와서 복지관에서 함께 한글을 배웠던
션은 초등학교도 마치지 못하고 학교를 때려치웠다.

션은 나와 같은 코피노다. 아버지가 한국 사람이고 엄마가 필리
핀 사람인데 필리핀에서 태어났다. 똑같이 아버지가 한국 사람이
고 엄마가 필리핀 사람이라고 하더라도 한국에서 태어난 아이들
과는 좀 다르다. 아니, 많이 다르다. 션과 나는 둘 다 아버지 얼굴
을 모른다. 고등학교 때 필리핀으로 어학연수를 와 엄마를 만난
사람이 내 아버지다. 션은 한국 어느 여행사의 가이드가 아버지라
고 했다. 션과 나의 공통점은 아버지 얼굴을 모른다는 것과 또 하
나. 아버지의 이름도 모른다는 거다.

엄마는 아버지를 딱 일주일 만났으니 진짜 이름을 물어볼 시간
도 없었을 거다. 영어 이름 조오지라고만 알고 있을 뿐. 필리핀으

로 유학 온 학생들은 대부분 영어 이름을 쓴다. 션은 여행사 가이드이던 아버지 이름을 왜 모르는지 물어보지 않았다. 이유는 아주 여러 가지니까.

엄마는 아버지를 미스터 박이라고 불렀다. 성이라도 알고 있었으니 찾고자 노력도 했다.

미스터 박을 찾아주세요.

한국인 관광객이 많이 오는 호텔에서 청소하는 일을 했던 엄마는 엄마 넋두리를 들어주는 한국인을 만나면 이렇게 말했다.

풋~.

엄마 말을 들은 사람들은 하나같이 하마 콧김 내뿜는 소리를 냈다. 엄마는 굴하지 않고 십 년 넘게 미스터 박을 찾았다. 박씨는 한국에서 가장 흔한 성씨 중에 하나라는 것을 한국으로 오고 난 후에 알았다.

어쨌든 션은 학교를 때려치웠다. 션은 한국말을 정말 잘했다. 자신 있게 학교를 때려치울 수 있었던 이유 중에 하나다. 션은 집을 나가 음식점 배달원이 되겠다고 했다.

나는 션보다 한국말을 못한다. 듣는 것은 다 알아듣는데 말이 안 된다. 한국말이 술술 나오는 날 나도 션처럼 음식점 배달원을 꿈꾸며 학교를 때려치울지 모른다.

"이거."

둥이가 가방에서 초코과자를 꺼내 엄마에게 내밀었다. 둥이는 장애를 가진 아이들이 공부하는 학교에 다니는데 그 학교는 간식을 무척 많이 준다. 언젠가 학교 셔틀버스 안을 슬쩍 볼 기회가 있었는데 대부분 아이들의 볼이 오동통했다. 얼굴색 또한 희고 빛났다. 아마 잘 먹어서 그럴 거라는 생각을 했었다. 둥이는 받는 간식을 자주 남겨와 나에게 주고 엄마에게 주었다.

엄마가 고개를 돌려버렸다. 찬바람이 쌩 불었다. 보는 사람이 민망할 정도다.

"애가 주는 건데 받아먹어라."

박생이 하나 마나 한 말을 했다. 엄마는 단 한 번도 둥이가 준 간식을 먹은 적이 없다.

"인정머리하고는. 애 손이 얼마나 무안하겠냐? 아무리 모자란 아이라고 그렇게 대하면 죄받는다."

오늘 박생이 달랐다. 그저 그러려니 하던 날과는 백팔십도 달랐다. 누렇게 뜬 얼굴에 눈 밑이 유난히 검었다.

"내가 왜 죄받아요?"

엄마가 펄쩍 뛰었다. 퉁퉁 부은 다리로 방바닥이 무너져라 쿵쿵거리며. 하루 열두 시간 식당에서 죽어라 설거지해서 내 밥, 내 스스로 벌어먹고 피 한 방울 섞이지 않은 모자란 아들 뒤치다꺼리하는데 무슨 얼토당토 않은 말을 하느냐는 거다.

"이런……, 왜 소리는 지르고 난리냐? 먹으라는 게 죄냐? 먹다 죽은 귀신은 때깔도 곱다고 했다. 먹기 싫으면 때려치워라. 아~ 뒷골 땡겨. 오늘 드디어 내 눈알이 튀어나오겠다."

박생이 둥이가 들고 있는 초코과자를 빼앗아 둥이 얼굴을 향해 날렸다.

"새끼야. 먹기 싫다는데 왜 들고 와서 이 난리를 만드냐? 너나 처먹으란 말이다."

초코과자에 얻어맞은 둥이 눈 밑이 벌겠다.

"아부지."

둥이 눈에 눈물이 그렁거렸다. 하지만 둥이 입은 웃고 있었다. 헤벌죽 벌린 입으로 아부지를 연달아 불렀다. 둥이는 만세를 부르듯 두 팔을 번쩍 들었다. 그렇게 두 팔을 들고 아부지를 부르며 둥이가 달려든 곳은 박생이 아니라 엄마 품이었다.

"왜, 왜 이래?"

엄마가 소스라치게 놀라며 둥이를 뿌리쳤다. 그러면 그럴수록 둥이는 소가 뿔을 들이대며 덤비듯 엄마 품을 파고들었다.

"히히히."

그리고 웃었다.

둥이는 정말 이 상황이 웃길까.

"에잇."

엄마가 둥이를 힘껏 밀쳐냈다. 둥이가 방바닥으로 나자빠졌다. 잠시 놀란 듯 멈칫거리던 둥이가 엄마를 보고 히죽 웃었다.

"차암, 둥이 네 팔자도 기막힌다."

박생이 혀를 차더니 방구석에 몸을 구부리고 누웠다.

"하긴 이렇게 살아주는 것만 해도 천사다, 천사. 천사가 따로 있나."

박생이 혼잣말을 했다.

"약 가지고 와요."

갑자기 엄마가 천장을 보며 소리쳤다. 풍뎅이처럼 몸집이 크고 등이 반들거리는 바퀴벌레, 날개를 펴면 새로 착각할 수 있을 정도로 실한 바퀴벌레가 천장을 기어가고 있었다.

박생이 멍하니 바퀴벌레를 바라봤다. 그리고 귀찮다는 듯 곧 눈을 감고 돌아누웠다.

바퀴벌레가 천천히 기었다. 어차피 자신을 잡을 사람이 없다는 걸 눈치 챘은 모양이다.

100% 완전 박멸은 무슨, 세상에 100%는 분명 없다.

왜 자꾸 우리 동네에 오는 거야?

강파랑은 나와 눈도 마주치지 않았다. 아니, 내가 강파랑을 피했다는 게 맞는 말인지도 모른다. 학교가 아닌 곳에서 강파랑을 만났다는 게 왠지 내 생활과는 어울리지 않는 것 같았고 불편했다. 그 기억을 털어내고 싶은 게 내 솔직한 마음이다.

"어제 응급실에 실려 갔었어. 배가 터질 것처럼 아파서 급성맹장쯤 되는 줄 알았는데 아니더라. 날씨가 너무 더워서 그렇대. 쉽게 말해 더위 먹은 거지. 너희들도 조심해. 말도 마. 어제 온종일 아무것도 먹지 못하고 링거로 버텼어. 오늘 아침에 겨우 미음 두 숟가락 정도 먹고 왔어."

강파랑은 턱을 치켜들고 지껄였다. 삼각김밥 두 개와 적당량을 넘어선 물을 부은 컵라면 먹는 걸 두 눈으로 똑똑히 본 사람이 여기 있는데, 링거는 무슨 링거.

"파랑이 얼굴이 왜 그 모양이냐? 반쪽이네"라는 똥박사 말에

"선생님도 더위 조심하세요."

파랑이는 이렇게 대답했다.

파랑이의 천연덕스러운 모습이 계속되자 내가 헷갈렸다. 책상에 머리를 박으며 어제 일이 꿈인지 생시인지 알아내려고 노력했다. 강파랑을 보면 어제 나는 분명 꿈을 꾸었고 아직도 그 꿈의 끝에서 퍼덕거리고 있는 거다. 그래도…… 아무리 생각해도 꿈은 아니었다.

강파랑은 결석한 아이답지 않았다. 문제마다 손을 번쩍 들었고 술술 풀었고 줄줄 말했다. 학교를 땡치고 편의점에서 봤다는 말을 하지 말라고 삼각김밥까지 뇌물로 바치며 부탁했던 강파랑이다. 그런 부탁은 안 해도 될 뻔했다. 학교를 땡땡이쳐도 저 정도로 공부를 해낸다면 누가 뭐라고 할까.

"요즘 학교 폭력 땜에 골머리가 아파 죽겠다. 너희들 혹시 친구들 못살게 구는 놈 있으면 솔직하게 말해라. 자수하여 광명 찾으라는 말이다. 세상에 제일 못난 놈이 저보다 힘 약한 사람 못살게 구는 놈들이다. 자수하지 않고 잡히면 알지? 똥물에 헹궈버릴 테니."

똥박사는 아침 조례 시간에 깜빡 잊었다는 설문지를 쉬는 시간

에 나눠주며 눈을 부라렸다. 학교 폭력을 당했거나 본 적이 있으면 써서 내라는 거다.

"당하고도 입 꽉 다문 놈들도 문제다. 입은 뒀다 뭐에 쓰려고. 아프면 아프다, 그놈 잡아서 혼내줘라, 미친 척 떠들면 들어주는 사람이 있다. 제발, 떠들어라. 떠들란 말이다. 애도 우는 놈이 젖 한 번 더 먹는단다."

설문지가 떼어지지 않는지 엄지손가락에 퉤! 하고 침을 뱉는 똥박사 입에서 나온 침이 똥물로 보였다. 입만 열면 똥물에 헹굴 놈이라고 욕을 해대니.

"결석을 할 거면 할 거라고 미리 연락해라. 무단결석하는 놈들을 잘 살피라는 교장샘 말씀이다. 그런 놈들은 열이면 열 학교 폭력에 엮여 있단다, 맞냐?"

똥박사가 말을 하며 나를 바라봤다. 얼떨결에 고개가 저어졌다.

"아니면 됐고. 어쨌든 결석을 하려면 미리미리 신고해라."

강파랑이 나를 힐끔 바라봤다. 저 눈빛은 뭐냐? '너 무단결석했구나? 한심하기는.' 뭐 이런 눈빛이다. 나도 아프다고 전화할 걸 그랬나.

"어이, 리바이스."

쉬는 시간에 강주가 다가왔다. 흔들거리는 어깨, 건들거리는 다리, 꼭 뼈 없는 사람 같다.

"리바이스, 너 열여덟 살이냐?"

학교에서도 청바지 취급이다.

"……."

대답 대신 고개를 약간 저었다.

"말로 좀 해, 새끼야. 학도가 그러던데? 그럼 몇 살이냐?"

새끼, 저랑 나랑 뭐 친하다고 대뜸 욕이람.

"열일곱."

"새끼 열여덟이나 열일곱이나 그게 그거지. 우리보다 나이가 한 살 많은 거는 맞네."

강주가 다시 어깨를 흔들거리며 자리로 돌아갔다.

한국에 와서 일 년 동안 복지관에서 한글과 말을 배웠다. 그러고 나서 나이보다 한 살 낮은 학년으로 들어갔다. 그것도 벅찼다. 내가 한국말을 잘했더라면 분명 선과 함께 학교를 때려치웠을 거다.

하루 건너고 만나는 급식은 눈물겹게 반가웠다. 영양사 선생님의 재치가 빛을 발하는 식단이다. 촉촉한 소스가 듬뿍 뿌려진 햄버그스테이크. 그것도 최상급 한우고기란다. 거기에 금방이라도 밭으로 기어갈 것처럼 싱싱한 채소. 학교는 참 좋은 곳이다.

"새끼, 말도 안 하고 공부도 안 하면서 밥은 되게 잘 먹네."

강주가 밥 먹는 내내 옆에서 얼씬거렸다.

"다 먹었냐? 잠깐 보자."

숟가락 놓기 무섭게 거의 강제로 강주에게 끌려 창고 뒤쪽 음침한 곳으로 갔다.

"우리 팀에 들어와라."

무슨 팀인지는 모르지만 나를 집어넣겠다고, 왜? 우리가 언제부터 친했다고? 우리라는 말을 쓰는 그 자체도 어색하다.

"아따 새끼, 말을 영 못 알아먹네. 우리가 너랑 놀아준다는 말이야. 솔직히 누가 너랑 놀아주겠냐? 아무튼 좋은 거니까 같이 하는 거다, 알았지?"

강주는 억지로 내 손을 잡아끌어 새끼손가락을 걸었다. 손가락 걸고, 도장에 복사까지. 휴우~ 초딩도 아니고 유치찬란이다.

"비밀이다. 누구한테도 절대 말하면 안 된다."

교실로 들어가며 강주가 말했다. 애들이 대체 나에게 왜 이러는지 모르겠다. 하루에 하나씩 절대 말해서는 안 될 비밀거리를 안겨주다니.

"옆 반에서 아주 치사한 놈을 하나 잡아냈다. 친구 돈을 제 돈처럼 가져갔던 놈인데 꼭 참고서 살 돈만 골라 빼앗아갔단다. 그런 놈은 돈뿐만 아니라 친구의 꿈까지 가져간 아주 천하에 나쁜 놈이다. 공부를 해야 꿈을 이룰 텐데 참고서 살 돈을 빼앗다니, 에이 똥물에 헹굴 놈 같으니라고. 우리 반에는 그런 치사한 놈은 없을 거라고 믿고 싶은 마음 굴뚝같지만 언제나 발등을 찧는 거는 믿는 도끼라는 말을 오늘 교장샘이 상기시켰다. 내가 눈을 부릅뜨고 다닐 테니 켕기는 놈은 미리 자수해라. 그럼 선처하겠다."

똥박사는 종례 시간을 아주 길게 가졌다. 교장샘 말을 아주 잘 듣는 착한 선생님이다.

나는 똥박사의 말을 들으며 나도 모르게 강주를 힐끗거렸다. 강주가 말하는 팀이라는 게 혹시 폭력 조직? 어쩌면 그럴지도 모른다. 강주나 강주가 어울리는 아이들이나 그리고 같은 팀으로 끌어들이려고 하는 나나, 꼬라지들이 거의 비슷하다. 공부하고는 담을 쌓고 사는데 공부하는 모임은 아닐 테고. 하지만…… 폭력 조직? 생각해보니 그것도 그다지 썩 어울리지 않는다. 괜히 겉 폼이나 잡았지 주먹 쓰는 거하고는 거리가 먼 강주다. 물론 강주 친구들이라는 아이들도 마찬가지다. 껄렁껄렁 다리나 흔들고 다니며 저들끼리 모여 뒤담화나 하면 했지 앞에 나서지는 못한다.

그럼 뭘까? 내 나이를 물어봤는데 나이하고 상관있는 건가? 한참 머리를 굴리는데 종례가 끝났다.

당장 부를 거라는 예상과는 달리 강주는 아무 말도 하지 않고 집으로 돌아갔다. 도대체 무슨 팀일까.

집 근처 놀이터로 갔다. 오늘 박생은 장사를 나가지 않았다. 눈알이 빠지면 누가 니네들 먹여 살리냐, 아침에 좌판을 벌이지 않으면 장사를 못한다, 늘 하는 말도 오늘은 하지 않았다. 달달 볶을 힘도 없는지 눈만 멀뚱거렸다. 바퀴벌레약 팔러 안 나가냐는 엄마 말에 손만 휘휘 저을 뿐이었다. 병이 나도 단단히 난 것 같았다.

박생과 단둘이 집에 있기 싫다. 박생과 둘이 있으면 그 좁은 집은 더 좁아지고 숨통이 막힌다. 마치 쫙 달라붙는 쫄쫄이 바지를 입은 느낌이랄까.

엄마가 돌아올 시간까지 놀이터에서 버틸 작정이다. 아니면 둥이가 돌아올 때까지라도. 둥이가 다니는 학교는 내가 다니는 학교보다 수업이 훨씬 많다. 플루트도 배우고 트럼펫 부는 것도 배운다. 드럼도 배운단다. 간식을 많이 주는 이유도 그래서인 것 같다. 그렇게 배우다 보면 배가 엄청 고플 것은 뻔하다.

그네에 엉덩이를 붙이고 다리를 흔들었다. 엉덩이에 힘을 주고 그네를 밀었다. 아! 심심하다. 집에 가서 퍼지게 잠이라도 자고 싶은데. 하품이 쉬지 않고 나왔다.

"어?"

그때 내 눈을 스쳐 가는 낯익은 얼굴. 나는 눈을 문질렀다.

강파랑. 강파랑이 또 우리 동네에 나타났다.

강파랑이 편의점으로 들어갔다. 그러더니 잠시 후 삼각김밥 하나를 들고 나왔다. 점심 먹은 지 꽤 되었으니 배고플 때도 되었다. 그런데 우리 동네 편의점에 와서 삼각김밥을 사는 이유가 뭘까. 학교 앞을 시작으로 여기저기 널린 게 편의점인데.

강파랑은 삼각김밥 하나를 통째로 입에 넣고 우적우적 씹으며 이쪽으로 걸어왔다.

"에이씨, 뭐야."

나는 잽싸게 정글짐 뒤로 몸을 날렸다.

강파랑은 놀이터 입구에 있는 편의점으로 들어갔다. 뭐야? 나는 정글짐 구멍 사이로 얼굴을 들이밀고 강파랑이 들어간 편의점 문을 뚫어져라 바라봤다. 잠시 후 강파랑이 나왔다. 이번에는 빈손이었다.

나도 모르게 강파랑을 미행했다. 강파랑은 편의점마다 들어갔다 나왔다. 어떤 때는 삼각김밥을 들고 나왔고 어떤 때는 그냥 나왔다. 삼각김밥을 만들어 파는 집 딸인가? 재고가 얼마나 남았는지 알아보러 다니는 건가?

강파랑은 편의점을 한 바퀴 돈 뒤 버스를 타고 가버렸다.

강파랑이 가고 나자 또 할 일이 없어졌다. 나는 다시 놀이터로 돌아와 그네에 앉았다. 생각할수록 이상하다.

저만큼 둥이 학교 셔틀버스가 오고 있었다. 빵집 앞에서 셔틀버스가 서고 둥이가 내렸다. 한쪽 손에 뭔가 움켜쥐고 있었다.

나는 둥이가 집으로 들어가 박생과 인사말을 나눌 정도의 시간을 두고 그네에서 일어났다.

"이 새끼야."

지하로 내려가는 계단 위로 쩌렁쩌렁한 박생의 목소리가 들려왔다. 아프다더니 이제 살 만한가 보다.

"싫다잖어, 새끼야. 다 귀찮다고 했잖어, 새끼야."

나는 계단을 뛰어 내려가 문을 벌컥 열었다.

둥이가 냉장고 옆에 웅크리고 서 있고 박생은 쭈그리고 앉아 악을 쓰고 있었다. 수박이 처참하게 조각나 흩어져 있고 박생 입가에 까만 수박씨가 붙어 있었다. 박생은 흩어진 수박 조각에서 껍데기 부분을 주워들어 둥이에게 던졌다. 먹기 싫으면 안 먹으면 그만이지, 먹는 거를 왜 던지고 난리람. 두 팔로 막으면 될 텐데 둥이는 그대로 맞았다.

둥이가 웃었다. 수박 조각으로 입을 얻어맞고 그 입을 벌리고 웃었다.

"차라리 태어나지나 말든지."

박생은 말을 하며 그 자리에 풀썩 엎어졌다. 박생의 야윈 등이 힘겹게 움직였다.

"청바지 혀엉."

둥이가 이번에는 나를 보고 웃었다. 그러더니 방구석에 처박혀 있는 비닐봉지를 냉큼 주워 왔다. 세모로 잘라진 수박이 들어 있었다. 하나는 박생에게 먹이려다 박살이 나고 온전한 모습으로 남은 수박이었다. 언제 자른 건지 물기가 말라 있는 수박.

"먹어."

"됐어."

이상하게 꼴통이라는 말은 나오지 않았다.

"먹어."

둥이가 억지로 내 입에 수박을 넣으려고 했다.

"됐다고."

"됐다잖어, 이 새끼야."

죽은 듯 엎어져 있던 박생이 허리를 번쩍 들고 소리쳤다. 나는 둥이가 내미는 수박을 주먹으로 날렸다. 그러고 싶은 마음은 결단코 없었다. 너무 놀라 주먹이 멋대로 나간 거다. 조각나 흩어지는 수박을 보며 둥이가 웃었다.

아~씨, 내 멋대로 나간 주먹이 밉다. 기분 진짜 더럽다.

훌륭한 친구는 선생님보다 낫다

똥물에 헹굴…….

할 수만 있으면 똥박사를 그러고 싶었다. 고해성사라니. 그것도 같은 반 아이 앞에서 그런 짓을 하란다. 신부님 앞에서라도 목이 막혀 나올까 말까 한 고해성사를 애들끼리 마주 보고 하라니, 장난치는 것도 아니고.

며칠을 폭염주의보에 폭염으로 인한 사망자 발생이라는 기사까지 뜨더니 드디어 똥박사도 폭염에 맛이 간 게 분명했다.

"너희들 나이 열여섯, 딱 고민이 많은 시기다. 사람을 패도 오지게 패는 시기이기도 하지."

나는 열일곱이다. 그 나이 지났다.

머리 터지게 고민해봤자 풀릴 것 같지 않은 고민은 일찌감치 포기했고 사람 오지게 패고 싶어도 나한테 맞을 사람 없겠다 싶어 그것도 한두 번 생각하다 끝냈다. 이상한 고해성사를 하겠다는 이유가 그거라면 나는 빼줘라. 나는 시시콜콜 내 비밀을 내놓고 의논할 만큼 한국말도 잘하지 못한다.

"선생님!"

강주가 손을 번쩍 들고 일어났다.

"어떻게 친구 앞에서 비밀을 얘기하고 의논해요? 쪽팔리게."

그렇지. 그건 정말 쪽팔리는 짓이다. 똥박사 당신 같으면 그렇게 하겠냐?

"마음속에 담고 있는 뜨거운 불덩이는 밖으로 내놓을 필요가 있다. 그 불덩이는 온전한 살을 데이게 만들지. 골치 아픈 학교 폭력도 불덩이를 끌어안고 있어 일어나는 현상이다. 처음 말하기 힘들어 그렇지 한번 꺼내놓고 보면 별거 아닌 경우가 많다. 숨이 막힐 것 같은 고민도 객관적으로 볼 수 있게 된다는 말이다. 아무튼 각자 내가 안고 있는 불덩이가 뭔지 생각하기 바란다. 점심을 먹고 난 후 시작하기로 하겠다. 아! 밥 먹고 양치질은 꼭 해라. 신성한 자리에 이빨에 고춧가루 낀 채 나타나지 말고. 마음을 정갈히 하는 것도 잊지 마라."

"꼭 해야 해요?"

여기저기 웅성거리는 소리다.

"똥물에 헹굴……."

똥박사는 그 큰 눈을 부릅뜨고 눈동자를 아래위로 굴렸다. 모 개그맨의 눈알 돌리기 쇼 같다.

"야, 뭘 걱정해? 아름다운 비밀을 하나 만들어서 고백해. 있어 보이고 고급스러운 비밀 하나 만들란 말이야. 영화에 나오는 그런 거."

누군가 뒤에서 속삭였다.

그렇지, 그 방법이 있었다. 사실 한국말 잘하는 지네들이 답답할 게 뭐 있담. 그럴듯한 비밀 만들어내는 거야 누워서 떡 먹기지. 누가 마음속에 들어가 사실인지 거짓인지 일일이 검사할 것도 아니고. 어휘력 딸려 그럴듯한 거짓말을 만들어내기 힘든 내가 문제지.

"어떤 또라이가 솔직히 제 마음을 내놓겠냐?"

거짓 비밀을 하나 만들어내라던 그 목소리였다. 맞다. 저만의 비밀을 부끄러운 줄도 모르고 내놓는 거, 또라이 맞다.

진짜 비밀은 가시처럼 목에 박혀 산다. 어떤 경우라도 제 몸을 드러내지 않고 살점에 묻혀 산다. 그래, 그건 죽을 때까지 묻혀두는 거다.

미스터 박. 그가 내 목 살점에 박힌 가시이듯 누구에게나 그런 비밀은 있다. 떠벌이지 못할 비밀 말이다.

필리핀에 어학연수를 왔을 때 미스터 박은 열여덟 살이었다고 했다. 엄마는 그때 스무 살이었다. 클럽에서 만나 일주일 만에 나를 만들어낸 것이다. 그러고 난 후 미스터 박은 온다 간다 말도 없이 떠났다. 미스터 박은 나의 존재를 모르고 있을 거다. 그래서 나는 미스터 박을 진심으로 미워할 수가 없다. 나의 존재를 알았더라면 상황이 달라졌을지도 모르니까. 물론 이건 나만의 생각이다. 엄마는 미스터 박의 인간성에 대해 어떠한 것도 말해주지 않았다.

션은 여행사 가이드였다는 아버지를 미워했다. 그는 션의 존재를 알고 있었다. 션이 태어날 달이 다 되어 한국으로 돌아가며 꼭 데리러 오겠다고 약속했었다고 한다. 하지만 연락은 오지 않았다.

션의 외삼촌은 유명한 소매치기였다. 그의 레이더망에 걸리면 무사할 수 없었다. 션의 외삼촌은 션의 아버지가 영영 소식을 끊고 난 후부터 소매치기 대상을 한국인만으로 고집했다. 션의 외삼촌은 션의 엄마가 품고 있는 불덩이를 대신 밖으로 내놓고 싶었던 걸까.

션의 외삼촌은 단 한 번도 잡히지 않고 바람처럼 빠른 손을 자랑하며 마닐라 거리를 활보하고 있다.

내가 아는 하나님은 뱃속의 아기를 인위적으로 없애는 것을 허용하지 않는다. 그에 대해서는 엄격했다. 필리핀 사람들은 대부분 하나님을 믿는다. 그래서 하나님의 말에 순종한다. 코피노들이 점점 많아지는 이유이기도 하고 필리핀에 아빠 없는 아이들이 넘치는 이유이기도 하다. 모든 것을 하나님이 책임질 것도 아니면서 왜 무조건 따르도록 만들었을까.

하지만 하나님은 남의 물건을 훔치는 도둑이나 소매치기에 대해서는 상당히 관대하다. 어쩌면 그들을 보호해주는 것 같기도 하다. 션의 외삼촌이 절대 잡히지 않는 것을 보면.

어쨌든 고민이 생겼다. 어떤 걸 거짓 불덩이로 만들까. 되도록 길게 말하지 않고 짧게 말할 수 있는 게 좋다. 어떤 게 좋을까, 계속 그 생각을 했다. 그러다 보니 밥맛도 별로 없었다. 젓가락이 소불고기 앞에서 주춤거렸다. 마음을 정갈하게 하라고 했는데 이걸, 먹어도 되나? 갑자기 눈앞에 죽어가는 소의 슬픈 눈이 나타났다. 참, 별 생각이 다 든다.

"왜 그런 거를 해야 해? 똥박사 진짜 웃겨."

강주가 밥도 받지 않고 떠들었다. 그렇게 말하기 싫으면 하지 말고 입이나 다물었으면 좋겠다. 그동안 너의 행동거지를 보아 네 비밀에 대해 궁금해하는 사람도 없겠다.

다섯째 시간, 체육. 똥박사 시간이다. 학교 폭력을 없애려면 아이들에게 운동을 시켜야 한다고 했다. 무슨 박사의 실험 결과라나. 아무튼 그런 신문기사가 뜬 후로 체육 시간을 늘리느니 어쩌느니, 눈알 튀어나오게 뜨거운 날도 운동장으로 내몰더니 오늘은 교실 수업이다.

똥박사는 손바닥만 한 종이 한 장씩을 나눠줬다.

"우리 반이 30명이다. 지금부터 1부터 15까지 번호 중에 자신이 마음에 드는 번호를 써서 내라. 아! 이름도 잊지 말고 써야 한다."

나는 6을 썼다. 6이라는 숫자가 마음에 들어서는 아니다. 내가 한국에 온 지 6년이 되었다는 생각에 그냥 쓴 거다.

"아따, 럭키 세븐은 더럽게 좋아하네. 모두 여덟 명이나 7을 썼네. 1을 쓴 오민지와 김강주! 너희 둘이 짝이다. 2를 쓴 학도와 아름이가 짝이고."

"짝이요?"

"그래. 아예 자리까지 바꿔 진짜 짝해라."

똥박사는 같은 번호를 쓴 아이끼리 짝을 시켰다. 하지만 그건 쉬운 작업이 아니었다. 같은 번호를 쓴 아이들이 제법 많았다. 모두 아홉 번이나 번호 쓰기를 다시 하고서야 결정이 났다.

6!

이게 무슨 인연이냐. 나는 강파랑과 짝이 되었다. 난데없이 편의점에서 강파랑과 삼각김밥을 나눠 먹더니, 이제 이렇게 되다니. 나는 가방을 챙겨들고 강파랑 옆으로 갔다. 강파랑 옆에 앉는다는 거 엄청 부담스럽다.

"아무리 훌륭한 선생님도 훌륭한 친구만은 못하다."

똥박사 얼굴에 흐뭇한 미소가 흘렀다. 강파랑 옆에 앉으니 함부로 몸을 움직이지도 못하겠는데 무슨 훌륭한 친구 타령. 그거 누가 한 말이냐고 따지고 싶었다.

"열여섯 살 마음을 제대로 알아주는 사람은 열여섯 살이란 말이다. 선생님이 아무리 너희를 이해하려고 노력한다고 해도 친구들만은 못하지."

그럼 열일곱 살은 어쩌라고.

"의무적으로 하루에 하나씩 자신의 고민을 짝에게 털어놓고 짝은 성심성의껏 그 고민을 들어주고 조언해줘라. 아! 한 가지 명심해야 할 것은 비밀은 지켜줄 것. 둘이 머리 터지게 생각해도 대책이 생기지 않는 고민에 대해서는 선생님과 상의하도록 한다. 혼자는 선생님을 찾아올 용기를 내는 것이 어렵지만 둘이면 훨씬 쉽다. 알았냐? 오늘부터 시작!"

뭐야. 오늘 하루만 하고 끝나는 게 아니라 계속하겠다는 말이다.

"야, 상의도 하라잖아. 진짜 해야 하는 건가 봐. 장난이 아니야."

강주 목소리였다.

"그럼 장난인 줄 알았냐? 혹시 거짓말로 장난삼아 하는 놈 있으면 알아서 해?"

똥박사는 귀도 밝다.

거짓으로 장난삼아 하지 말라고는 했지만 강제성은 없는 것 같았다. 똥박사는 '만약 하지 않으면'이라는 단서를 달지 않았다. 자율에 맡긴다는 건가? 그런 걸 뭐 때문에 하나? 강제성이 없다는 걸 느끼는 순간 마음 한쪽으로 쏴아~ 실망감이 밀려 들어왔다. 강파랑의 입에서는 어떤 말이 나올까, 솔직히 궁금했다.

"떡볶이 먹을래?"

"……."

수업을 마치고 가방을 챙기는데 강파랑이 말했다. 나보고 떡볶이를 먹자니 놀라웠다.

"똥박사가 하라고 그러잖아."

똥박사가 떡볶이를 먹으라고 했다고? 얼떨떨했다. 그런데 왜 목소리에 날을 세우고 난리람.

"그럼 그냥 마주 서서 말할 거야? 쪽팔리게. 시키니까 하는 척은 해야 할 거 아니야?"

아하, 그거! 그런데 왜 나한테 신경질인지 모르겠다. 내가 시킨 것도 아닌데. 그런데 강파랑 역시 모범생이다. 선생이 시킨다고 바로 하겠다고 나서니.

"내가 살게."

강파랑이 앞장섰다.

나오다 보니 우리 반 아이들이 그야말로 가관이다. 강제성은 없다고 하나 그래도 담임인 똥박사의 말을 코딱지 떼어내듯 훌훌 털어버리는 것은 아무래도 좀 그렇다. 새로 만난 짝과 그냥 헤어져야 하나, 아니면 마주 보고 무슨 말이라도 해야 하나, 어쩔 줄 몰라 했다.

"에이, 학원 가야 하는데. 야, 오민지. 나는 요즘 오줌을 어떻게 눠야 하는지, 그게 고민되어 환장하겠다. 조준을 잘하려고 노력해도 자꾸 변기 옆으로 새는 거야. 날마다 엄마한테 냄새난다고 야단맞는다. 어떻게 눠야 하냐? 이거 진짜 장난 아니다. 나는 심각해."

강주가 누른 치약 나오듯 술술 말하더니 가방을 들고 일어났다.

"어? 강주. 너도 그러냐? 나도 그런데."

학도가 질세라 낄낄거리며 강주를 따라나섰다. 민지와 아름이 얼굴이 벌게졌다. 그 말을 들은 아이들이 하나둘씩 엉성하고 이상하고 요상한 말을 쏟아냈다.

"저질……."

강파랑이 강주와 학도 뒤꼭지에 대고 눈을 흘겼다.

강파랑이 앞장서고 나는 그 뒤를 따라갔다. 주인을 줄레줄레 따라가는 강아지가 된 기분이었다.

분식집, 제일 안에 자리를 잡고 앉았다.

"너부터 말해."

강파랑이 물을 갖다 주며 말했다. 당황했다.

"아 참 그러고 보니 너, 말하는 걸 못 본 것 같다. 말은 할 줄 알지?"

당연히 할 줄 안다.

"한국말 못해? 몇 년이나 지났다고 들었는데?"

"해."

겨우 말이 나왔다.

"으응, 하는구나. 뭐 먹을래?"

강파랑이 벽에 붙은 메뉴판을 훑었다. 떡볶이 먹자고 한 거 아니었나?

"떡볶이 먹을래?"

글쎄, 그거 먹자고 네가 벌써 결정 낸 거 아니었냐고?

"2인분만 하면 되지? 많이는 못 먹겠더라."

삼각김밥 두 개에 컵라면 먹는 거 다 봤고만.

강파랑은 치즈떡볶이 2인분을 시켰다.

"그동안 내가 본 거에 의하면 리바이스 너도 고민 많게 생겼다."

그럼 강파랑 제 이야기를 하려고 떡볶이 먹자고 한 게 아니라 내 이야기를 듣고자였나?

"리바이스 아니고 리바이."

나는 일단 내 이름을 바르게 말해줬다.

"아, 리바이. 그래, 리바이. 말해."

강파랑은 나무젓가락을 양손으로 자르며 말했다.

"……."

"말하라니까."

아~씨 너부터 말해.

"똥박사 말이야, 말은 되게 거칠고 재수 없게 하는데 사실 그렇게 무식하지는 않대. 전에 똥박사가 담임을 맡았던 반에 반장 했던 언니가 그러더라. 은근히 매력 있는 사람이래. 마음도 따뜻하고. 내가 직접 겪어보지 않아서 모르겠지만 말이야. 지금까지로 봐서는 무지하게 무식하고 소심해 보여. 만날 똥 얘기에 교장샘이 시키는 거는 죽으라고 하는 사람, 그치? 아 참 너, 그날 왜 학교에 안 갔냐?"

강파랑이 떡볶이 하나를 집어 입에 넣으며 물었다. 그날이라면 박생이 병원에 간 날을 말하는 거다.

"……병원 땜에."

"병원? 아팠던 거야? 어쩐지 얼굴이 그렇게 보이더라."

강파랑이 놀라는 시늉을 했다. 아파 보였다고? 내가 아니고 박생이 아팠다는 말을 하려다 그만뒀다. 박생을 강파랑에게 뭐라고 말해야 할지 잘 모르겠다.

"나는 누구 좀 찾으러 다니느라고. 먹어."

강파랑이 제가 먹던 나무젓가락을 내밀었다. 그리고 새로 젓가락 하나를 더 잘랐다. 강파랑은 치즈떡볶이 2인분을 다 먹을 때까지 아무 말도 하지 않았다. 말도 시키지 않았다.

"그런데 아직 못 찾았어."

강파랑은 휴지로 입가를 야무지게 닦아냈다.

찾는 사람을 못 찾았다니 고민이 되기는 되겠다. 강파랑의 고민에 내가 어떤 도움이 될 수 있나 잠시 생각했다.

"너는 똥박사가 시킨 대로 할 거야?"

그것 때문에 여기 와놓고, 찾아야 할 사람을 못 찾았다는 고민을 슬쩍 비춰놓고 이제 와서 그게 무슨 말이람.

"응? 거짓 비밀을 만들지 않고 정말 고백을 할 거냐고?"

"잘 몰라."

"똥박사야 뜻이 있어서 그렇게 시킨 거겠지만 쪽팔리는 거는 확실해. 내 마음을 내놓는 거는 쉽지 않거든. 하지만 들어주는 상대가 누구냐에 따라 좋은 방법일 것도 같아. 정말 비밀을 지켜줄 수 있는 상대라면……."

강파랑이 말을 멈추고 나를 빤히 바라봤다. 갑자기 어색해졌다. 강파랑을 바라보던 눈을 빈 접시로 옮겨갔다. 강파랑은 무슨 말이 하고 싶은 걸까? 나를 믿고 비밀을 말할 수 있다는 말인가 없다는 말인가.

"너는 학원 안 다녀?"

갑자기 강파랑이 말을 돌렸다. 강파랑은 휴지로 닦아낸 입가를 혀로 핥았다.

"……"

“학원 가야 되는구나? 나는 하루 빼먹어도 괜찮은데 너는 안 되지? 오늘은 그만 가자.”

학원에 다니지 않는다는 말을 할 시간도 주지 않고 강파랑이 일어났다. 이건 뭐야, 나를 믿을 수 없다는 말인가.

분식집을 나서는데 허전했다. 분식집에서 떡볶이를 먹었으면 되었지, 뭔 기분이 이렇담.

“그래도 상대가 너라서 마음이 놓였어.”

헤어지기 전에 강파랑이 말했다. 나를 믿을 수 있다는 말인가.

사기 결혼

엄마가 이상하다. 며칠째 들어와야 할 시간을 넘어서 집에 들어왔다. 언제나 정확했던 엄마다. 아침 일곱 시면 어김없이 집에서 나가고 저녁 아홉 시면 들어왔다.

엄마가 식당 주방에서 설거지하는 일을 한 후로 나는 엄마와 함께 밥을 먹어본 적이 없다. 아침이면 대충 아침상을 봐놓고 출근하기 바빴고 저녁은 식당에서 먹고 들어왔다. 한 달에 두 번 노는 날이 있기는 했지만 그런 날은 밀린 빨래와 집안 청소 그리고 부족한 잠을 보충하기 바빴다.

나는 종종 엄마와 내가 왜 한국으로 왔는지 생각한다. 엄마 눈 아래 자리 잡은 깊은 주름, 하루가 다르게 축축 처지는 얼굴, 아무렇게나 질끈 동여맨 생머리, 그리고 멀리서 봐도 남루함이 뚝뚝 떨어지는 옷차림. 엄마는 늙어가고 있었고 언제나 똑같이 가난했다. 엄마 나이 서른일곱 살, 적게 봐달라고 사정사정해도 마흔일곱 살로 보일 정도다. 필리핀에 그대로 살았다면 지금보다 얼마나 더 나쁜 상황이었을까.

오늘도 엄마는 또 늦었다.

"늦게 들어온다는 말 없었냐?"

열 시가 넘자 박생이 더 이상은 참을 수 없다는 듯 물었다.

"……."

"도대체 뭔 일이야? 전화해도 안 받고. 요즘 계속 그러네."

내가 말하지 않는 것은 특별한 것이 없다는 뜻이다. 박생은 그걸 안다. 박생의 딱 하나 좋은 점이다. 굳이 말로 대답을 들으려 하지 않는다.

"진짜 무슨 말 없었냐?"

열한 시가 되자 박생 목소리에 날이 제대로 섰다.

"없었습니다."

이럴 때는 재빠르게 대답하는 게 낫다. 말로 대답을 들으려 고집하지 않는 사람도 속 터지기 딱 좋은 상황이다.

"와~ 진짜, 기다리다 눈알 빠지겠네. 환장하겠네, 환장하겠어."

"아부지."

박생 목소리가 커지자 잠들었던 둥이가 일어났다. 둥이는 떠지지 않는 눈을 비비며 박생 쪽으로 엉금엉금 기어갔다. 잘 먹어서 그런지 엉덩이가 유난스레 커 보였다.

"저 새끼는 왜 자다가 일어나, 환장하겠네."

박생은 둥이를 곁눈으로 훑어보며 혀를 찼다. 요즘 엄마만 이상한 게 아니라 박생도 이상하다. 전에는 슬플 때나 기쁠 때나 어려울 때나 상관없이 박생은 둥이를 보듬어 안았었다. 술에 취해 흐엉흐엉 울먹이며 코를 찔찔거리면서도 '우리 이쁜 놈'이라고 말했었다. 그런데 그렇게 예뻐하던 둥이에게 요즘은 말끝마다 '새끼'를 다는 것도 모자라 걸핏하면 눈을 부라리며 겁을 주기 일쑤다.

"그 꼬라지로 바람난 거는 아닐 테고."

박생 눈빛에도 날이 섰다. 무슨 말 같지 않은 말을. 나는 박생을 노려봤다. 뭐 눈에는 뭐밖에 안 보인다고 했다. 쉴 틈도 없이 둥이의 새엄마를 만들어낸 사람이 누군데. 하지만 나를 화나게 한 말은 '바람'이라는 말보다 '꼬라지'라는 말이었다. 누군 그런 꼬라지로 살고 싶어 사느냐고.

"지금 시간이 몇 시냔 말이다."

나를 힐끗거리던 박생이 소리를 버럭 지르며 벽시계를 가리켰다. 열한 시인 거, 나도 안다.

"아부지."

박생이 소리치자 둥이가 박생 다리를 잡고 늘어졌다.

"너는 자란 말이야, 이 새끼야."

박생이 다리를 버둥거리며 둥이를 떼어냈다. 박생의 버둥거리는 모양이 약발 제대로 받고 뒤집어져 버둥거리는 바퀴벌레 같았다.

"에잇."

나는 자리를 박차고 일어났다.

"성질은……."

박생이 혼잣말처럼 중얼거렸다.

쿵!

나는 문을 박차고 나왔다.

밤 열한 시가 넘어도 사람이 들어오지 않는다면 걱정부터 해야 순서다. 요즘같이 무서운 세상에 당연히 그래야 한다. 그런데 겨우 한다는 말이 바람에 꼬라지란다.

버스 정류장으로 갔다. 버스가 서고 사람들이 내린다. 무더운 여름, 자정이 다 될 때까지 하루를 살아내느라 힘들었던 사람이나 버스나 모두 지친 모습들이다.

아무리 기다려도 엄마는 오지 않았다. 버스도 더 이상 오지 않았다.

정말 무슨 일 있는 거 아닌가?

막차가 끊기자 정신이 번쩍 들었다. 경찰에, 경찰에 신고해야 하나? 뭐부터 해야 할지 정말 모르겠다.

"리바이, 리바이."

그때 엄마 목소리가 들렸다.

"여기 있었어?"

엄마다. 엄마를 보자 눈물이 왈칵 쏟아졌다.

"기다렸어? 버스 타고 안 왔어."

뭘 타고 왔으면 어때, 왔으면 됐지. 나는 엄마 손을 움켜잡았다.
잠깐의 시간 동안 나는 많은 생각을 했었다. 엄마가 없으면 나는
어떻게 해야 하나. 넓은 바다 한가운데에 구명조끼도 없이 버려진,
그런 기분이었다.

"들어가."

"박생 화났어."

"알아. 집에 갔다 나왔어. 너 찾으러."

말을 하는 엄마 혀가 꼬부라졌다. 그렇게 긴 말을 하지 않는데
도 그랬다. 엄마와 나는 둘이만 있을 때도 한국말을 한다. 그건 무
언의 약속 같은 거였다. 박생은 나와 엄마가 우리들만의 말을 하
는 걸 싫어했다. 딱히 비밀스런 말이 아니어도 신경을 곤두세웠다.
그래서 어느 정도 한국말을 하게 된 후부터는 서툴러도 박생 앞에
서는 꼭 한국말을 했고 그게 습관이 되어버렸다.

"빨리 들어가."

엄마 혀가 계속 꽈배기처럼 배배 틀렸다. 나는 코를 쿵쿵거렸다. 엄마에게서 술 냄새가 났다. 엄마에게서 처음 맡아보는 냄새다.

"놀랐어? 흐흐흐."

엄마가 손으로 입을 가리고 웃었다.

엄마와 박생은 밤새도록 싸웠다. 둥이는 눈물을 그렁거리며 싱크대 문을 꽉 붙들고 히죽거리며 웃었다.

박생은 보물처럼 모시는 바퀴벌레약통을 엄마에게 던지며 화를 냈다. 나는 박생의 팔을 움켜잡았다. 팔팔거리며 뛰던 박생은 내 손에 잡히자 힘을 쓰지 못했다.

"웃지 좀 마, 새끼야. 흐엉흐엉."

박생이 내 손을 뿌리치며 둥이에게 소리쳤다. 그리고 박생은 울었다. 아파도 슬퍼도 웃기만 하는 둥이를 대신해 우는 사람처럼 서럽게도 울었다.

박생의 입에서 첫 번째 년, 두 번째 년, 세 번째 년, 그리고 네 번째 년이 나왔다.

"첫 번째 년은 젖먹이 두고 냉장고 고치는 놈과 바람나서 도망가고, 흐엉흐엉, 두 번째 년은 가난한 게 싫다고 도망가고, 흐엉흐엉."

박생은 말에 박자를 넣어가며 울었다.

"세 번째 년은 그래도 살아보려고 삼 년을 넘게 버텼는데 저 새끼 못 키우겠다고 도망가고, 패앵!"

박생은 힘껏 코를 풀었다. 누런 코가 튀어나와 방바닥에 철썩 붙었다.

"네 번째 년은 갈 곳 없는 것 같아 받아줬더니 갈 곳 생기니 금세 나가버리고, 흐엉흐엉."

참, 집 나간 사연도 가지가지다. 둥이 고모가 천하에 몹쓸 년으로 몰았던 세 번째가 그래도 가장 인간적이었다.

"왜 선생님이었다고 거짓말했어요?"

다섯 번째인 엄마가 작정한 듯 따지고 들었다. 아, 엄마도 100% 믿었던 것은 아니었구나.

"왜? 이제 와서 그게 무슨 상관이냐? 너도 나가고 싶냐? 육 년이면 오래도 살았지. 니네 나라였으면 어림도 없었겠지. 나가려면 나가!"

소리치는 박생의 입가로 거품이 보글거렸다.

"둥이 있다는 말도 안 했어요."

"그래, 그래. 내가 죽일 놈이다. 사기꾼이다."

박생은 벌렁 누워 눈을 꽉 감아버렸다. 박생은 숨을 헐떡였다. 입술이 점점 마르고 얼굴이 꺼멓게 변하는 걸 보면 엄마가 작정하고 덤벼서 그런 것은 아닌 것 같았다. 며칠 전부터 박생 얼굴이 눈에 띄게 변해갔다.

"나이도 처음에는 나보다 열 살 많다고 거짓말했어요. 열 살이나 속였다고요."

뭐야, 박생 나이가 엄마보다 스무 살이나 많다고? 그럼 쉰일곱 살? 어쩐지 늙었더라. 도대체 박생이 엄마에게 사실대로 말한 것은 뭐람.

"네가 몰라서 그러는가 본데, 원래 그렇다. 스무 살 넘게 차이 나는 사람들이 허다하다."

박생은 힘겹게 한마디 하고 돌아누웠다.

좁은 집 안. 그대로 있다가는 가슴이 터질 것 같아 밖으로 나왔다. 엄마가 따라나왔다.

"리바이."

엄마는 내 옆에 쪼그리고 앉았다. 아직도 술 냄새가 났다.

"고맙다."

엄마가 뜬금없는 소리를 했다.

"착해서."

엄마가 내 손을 잡았다.

새벽으로 향하는 달빛은 밝았다. 그 달빛에 엄마 눈에 그렁거리는 눈물이 별처럼 빛났다.

"참아줘서. 참아주는 거 다 알아."

엄마 목소리에 눈물이 가득 담겼다. 내 목이 뜨거워졌다. 침을 삼키자 뜨거운 기운은 아래로, 더 아래로 내려갔다. 심장이 뜨거워졌다. 온몸이 녹아내릴 것처럼. 숨을 길게 내쉬었다. 그러자 뜨거운 기운은 눈가로 올라왔다.

"닮았어."

엄마가 다시 뜬금없는 말을 했다.

"눈이랑 코랑."

엄마가 천천히 내 얼굴을 살폈다.

누구와 닮았다는 말인지 알 것 같았다. 열여덟 살에 바람처럼 나타나 나를 만들어놓고 바람처럼 사라진 미스터 박, 엄마가 한국 관광객들을 잡고 십 년 넘게 찾아달라고 애원하던 미스터 박. 그 미스터 박을 닮았다는 말이겠지.

"요기, 턱이 나온 것도."

엄마가 내 턱을 만지려고 했다.

"됐어요."

나는 엄마 손을 뿌리쳤다. 엄마가 눈을 동그랗게 떴다. 나도 내 행동에 놀랐다.

"됐다고요."

이 상황에 뭐가 됐다는 말인지 나도 모르겠다. 하지만 내가 미스터 박과 닮았다는 말이 어색했다. 몸 둘 바 모르게 낯설었다. 그렇다고 미스터 박이 싫은 것은 아니다. 나는 미스터 박은 선의 아버지와는 다를 거라는 티끌 만한 믿음을 품고 있으니까.

엄마는 눈물이 그렁거리는 눈으로 한참 동안이나 나를 바라봤다. 엄마를 만났을 때 미스터 박의 나이가 열여덟 살이었으면 나보다 한 살 더 많았을 때다. 엄마는 지금 나에게서 미스터 박의 모습을 제대로 보고 있는 거다.

할 일이 생겼다

새로운 짝과 장난처럼 이야기를 주고받던 아이들이 시간이 지나자 조금씩 진지해졌다. 비밀을 공유하며 함께 고민하는 아이들도 있는 눈치였다. 대놓고 말하지는 않았지만 몇몇은 똥박사를 찾아가는 것 같았다.

"너한테 할 말이 있어."

치즈떡볶이를 먹고 난 후 일주일이 지나서야 강파랑은 나에게 말을 걸었다. 그동안 아무 말이 없어 불안했다. 강파랑이 나를 믿지 못해서 그러는 거라고 결론을 내리면서도 뭔가 찜찜했다.

"떡볶이 먹으러 가자."

강파랑은 분식집으로 나를 데리고 갔다. 분식집에는 순대도 팔고 라면도 판다. 어묵도 팔고 꼬치도 판다. 한 번쯤은 뭘 먹을 건지 물어보는 게 예의 아니냐.

"나랑 같이 사람 좀 찾아줘."

강파랑은 탁자 위에 사진 한 장을 올려놨다.

"나는 장난 아니야. 다른 아이들한테는 절대 말하면 안 돼. 물론 너를 믿지만 말이야."

나는 강파랑이 올려놓은 사진을 들여다봤다. 믿는다는 말에 알지 못할 책임감이 느껴졌다. 사진 속 남자는 꽤 잘생겼다. 오뚝한 코에 부리부리한 눈, 게다가 부티까지 줄줄 흘렀다.

"누구냐고 묻지는 말고."

막 누구냐고 물으려 했다.

"그 사진 나이에서 더하기 이십 정도 해. 그게 지금의 나이야."

나는 다시 사진을 뚫어져라 바라봤다. 사진 속의 남자는 나이를 가늠하기 힘들었다. 이렇게 보면 이십대, 저렇게 보면 삼십대로 보였다.

"사진은 열아홉 살 때야."

그러면 지금은 서른아홉 정도 되었다는 말이다.

"너희 동네 편의점에서 일하고 있다는 말을 들었어. 노래방일 수도 있고. 아무튼 너희 동네야. 일단 편의점을 대충 뒤졌는데 못 찾았어. 편의점은 24시간 일하기 때문에 중간에 교대를 한다더라.

아무래도 나 혼자 찾는 것보다는 네가 도와주면 쉬울 것 같아. 노래방은 혼자 들어가 보기 좀 그렇기도 하고.”

묻지 말라니까 참기는 하겠다. 하지만 이십 년 전 사진으로 사람을 찾는 걸 보면 최근에는 만나지 못했다는 말이다. 누구기에 이십 년이 지난 지금 갑자기 찾고 싶어진 걸까. 그리고 이십 년 전 사진으로 사람을 찾는 게 가능하기는 한 걸까? 엄청 변했을 텐데.

“찾고 나면 누군지 말해줄게.”

강파랑은 사진을 내 앞으로 더 가까이 밀었다.

필리핀에 있는 외할머니가 떠올랐다.

‘울지 않는다고 약속하면 줄게.’

‘엄마한테 말하지 않는다고 약속하면 데리고 가줄게.’

내가 어렸을 때 외할머니가 자주 하던 말이다. ~한다면 해줄게. 강파랑은 그런 외할머니와 닮았다. 언제나 무뚝뚝하고 정 없이 나를 대했던 외할머니. 참 오랜만에 외할머니 생각이 났다. 어떻게 지내고 있을까.

“같이 찾아줄 거지?”

강파랑 눈빛이 심각했다. 그다지 어려운 부탁은 아니다. 전국 방방곡곡을 뒤지는 것도 아니고 우리 동네를 돌아다니는 건데. 나는 고개를 끄덕였다. 어찌 생각하면 누군지 모르고 찾는 게 더 마음은 편할 것 같기도 하다. 알고 나면 꼭 찾아주어야 한다는 책임감이 생길 테고 그럼 마음이 무거워질 거다. 그래, 남의 비밀 맨 밑까지 파헤치려고 하지 말자.

"나는 얼굴을 아니까 이 사진은 네가 가지고 다녀. 잃어버리면 안 돼."

강파랑은 사진을 넣으라는 눈짓을 했다. 나는 가방을 열고 사진을 넣었다. 누군지도 모르는 사람의 사진이 들어간 가방. 내 가방인데 왠지 남의 가방처럼 낯설었다.

토요일과 일요일을 집중적으로 이용하기로 했다. 평일에는 학교를 마친 후에나 움직일 수 있기 때문에 새벽에 교대해서 오후에 들어가는 사람을 볼 수 없을 수도 있다. 일단 편의점 확인을 마치고 나서 노래방은 그다음에 생각해보기로 했다.

마침 내일이 토요일이다.

"아홉 시 어때? 너무 이른가? 열 시에 만날까?"

강파랑 말에 나는 고개를 저었다. 아홉 시나 열 시나 별 상관 없다.

강파랑과 헤어져 돌아오는데 기분이 묘했다. 한국으로 온 후, 처음으로 나에게 뭔가 할 일이 생겼다는 뿌듯함, 그리고 누군가가 나를 믿어준다는 사실은 저녁 내내 나를 들뜨게 했다. 그래서 등이가 건네는 꼬질꼬질한 튀김도 달게 받아먹었다.

"왜 계속 실실 웃고 다녀? 허파에 바람이 들었나?"

새우처럼 웅크리고 앉아 바퀴벌레약 개수를 세던 박생이 고개를 갸웃거렸다.

"하나, 둘, 하나, 둘……."

내 기분이나 박생 기분이 그다지 나쁘지 않은 걸 눈치챈 둥이가 박생 옆에 바짝 다가앉아 바퀴벌레약을 세었다. 계속 하나, 둘이었다.

"허허허 새끼야, 둘 다음에는 셋이지."

박생이 둥이를 보며 웃었다. '새끼'라고 욕은 했지만 요즘 계속되었던 그 '새끼'와는 억양부터 달랐다.

아홉 시.

삐그덕~.

박생과 나 그리고 둥이의 눈이 모두 문으로 향했다. 엄마였다.

"저 문 좀 고쳐달라고 주인한테 골백번도 넘게 말했는데 고쳐줄 생각도 안 하네."

문 탓을 하는 박생의 목소리는 부드러웠다.

한바탕 난리가 난 후 엄마의 귀가 시간은 전대로 정확한 아홉 시였다.

"밥은?"

먹고 왔다는 걸 알면서도 박생이 물었다. 엄마는 대답 없이 옷을 갈아입고 씻으러 나갔다. 박생이 혀를 끌끌 찼다. 무안한 표정이었다.

"이거 먹어라. 한 번 먹을 때마다 한 알씩, 하루 세 번."

엄마가 들어오자 박생이 작은 통 하나를 내밀었다.

"뭐예요?"

"비타민이다. 피부가 거칠해졌을 때는 이게 최고란다."

"됐어요. 박생 먹어요. 술 너무 많이 먹어 얼굴이 이상해요."

비타민 통을 밀어내는 엄마는 못마땅한 표정이었다. 박생이 처음으로 사다 준 비타민에도 전혀 감동 먹은 얼굴이 아니었다.

박생 얼굴이 굳어졌다. 거먼 눈 밑이 달달 떨리기도 했다. 그러거나 말거나 엄마는 베개를 들고 방구석으로 가서 누워버렸다.

"리바이. 너도 가서 자."

엄마는 고개를 들고 나를 향해 한마디 했다.

방과 방 사이에 있는 문턱을 넘었다. 말이 다른 방이지 여름에는 한 방이나 다름없다. 여름에는 중간에 있는 쪽문을 닫아놓을 수가 없다. 그러면 창문이 없는 안쪽 방은 바람 한 점 들어오지 않아 숨이 막힌다. 반지하, 길 위로 나 있는 작은 창문이지만 바람이 제법 들어오는 편이다. 덥고 시원한 것을 떠나 바람은 가슴을 트이게 한다. 그래서 쪽문을 활짝 열어놓는다.

둥이가 따라와 옆에 누웠다. 다른 날은 저만큼 떨어져 눕는데 오늘은 바짝 붙어 누웠다. 금세 둥이의 코고는 소리가 들렸다. 눈을 감고 둥이의 코고는 소리를 듣다 보면 가끔 깜짝 놀란다. 힘차다. 코고는 소리만큼은 열네 살, 둥이의 나이와 어울린다. 코고는 소리 외에 둥이는 어느 부분, 자신의 나이와 걸맞게 살아가고 있는 걸까.

일찍 눈이 떠졌다. 새벽 네 시밖에 안 되었으니 일러도 너무 일렀다.

부스럭.

큰 방에서 움직이는 소리가 들렸다.

끼이익.

그리고 곧이어 문이 열리고, 쿵!

닫혔다.

조금 지나자 어둠이 익숙해졌다. 나는 큰 방을 넘겨보았다. 박생 자리가 비어 있었다. 이 시간에 어딜 가는 걸까? 다시 자려고 눈을 감았다. 쉽게 잠이 오지 않았다.

다시 눈을 떴을 때는 여덟 시가 다 되어갔다. 새벽에 꽤 오랫동 안 뒤척였다. 그러다 창문이 뿌옇게 밝아올 때쯤 다시 잠이 들었다.

엄마는 이미 출근했고 박생은 둥이를 준비시키고 있었다. 둥이 는 토요일마다 복지관에 간다. 특별 프로그램인지 뭔지 둥이에게 제대로 맞는 교육을 받는다고 했다. 열네 살이면서 열네 살일 수 없는 둥이에게 제대로 맞는 교육이 뭔지 궁금하다. 수단과 방법을 가리지 않고 둥이의 삶을 나이에 맞게 끌어올리는 교육일까, 아니면 현재 지능에 맞춰 살아가는 방법을 가르치는 걸까? 어느 쪽이든 제목과는 맞지 않는다. 지금 둥이에게 제대로 맞는 교육은 없다. 내 생각으로는 그렇다.

2 : 8로 가르마를 단정하게 가른 둥이가 거울을 보며 웃었다.

"멋은, 우라질. 누가 본다고. 복지관 차 올 때 다 되었다."

박생이 둥이 뒤통수를 마구 헝클어뜨렸다. 심술도 여러 가지다. 누가 봐주든 그렇지 않든 후줄근하게 하고 다니는 것보다야 단정한 게 천 배는 더 낫다.

박생이 힘겹게 일어났다. 오늘 아침에는 몸도 제대로 못 가눈다. 어제는 술을 마시지도 않았는데. 나는 둥이 손을 잡는 박생을 내치고 둥이 손을 잡았다.

"네가 차 태워주려고?"

"예."

"청바지 혀엉~."

둥이가 내 손을 끌며 싱글싱글 웃었다.

"새끼, 피 한 방울 섞이지 않았는데도 좋은가 부다."

박생은 또 한 번 둥이 뒤통수를 마구 헝클어뜨리며 웃었다.

여덟 시 십오 분.

빵집 앞에 정확하게 복지관 차가 도착했다.

"청바지 혀엉, 안녕!"

둥이가 손을 흔들며 차에 탔다. 복지관 차가 모퉁이를 돌아서고 난 다음 나는 놀이터로 갔다. 토요일 이른 시간이라 그런지 놀이터도 텅 비어 있었다. 아홉 시에 만나기로 했는데 아직도 사십 분이나 남았다.

"뭘 하지?"

혼잣말을 하며 주위를 둘러봐도 딱히 할 일이 없다. 그네도 타고 미끄럼틀도 탔다. 초딩들 몸에 맞춰 제작된 놀이기구들은 하나같이 장난감처럼 작았다. 미끄럼틀을 타고 내려오는데 엉덩이가 끼어 움직여지지 않았다. 문득 내 몸에 딱 맞는 제대로 된 놀이기구가 타고 싶어졌다.

"일찍 왔네?"

잠시 후 강파랑이 나타났다. 아홉 시가 되려면 아직 한참은 더 있어야 했다. 찾는 사람이 누구인지 몰라도 마음이 급하다는 증거다.

아차! 찾는 사람이라는 단어가 머리에 입력되는 순간 나는 정신이 번쩍 들었다. 사진, 사진을 안 가지고 왔다.

"사진 가지고 왔어?"

강파랑은 여우처럼 정확하게 찔렀다.

"금방 갔다 올게."

거의 바람 수준으로 뛰었다. 참 오랜만에 이렇게 뛰어보는 것 같다. 힘껏 뛸 일이 없었다. 내가 앞에 섰다고 해서 관심을 가져주는 사람은 없었다. 그걸 알고부터 나는 남보다 앞서고 싶은 마음이 없었고 노력도 하지 않았다. 필리핀에서는 코피노라서 그랬고 한국에 와서도 역시 그 이유 때문이었다.

끼이익익~~익.

문을 여는 순간 아차 했다. 급하게 열다 보니 괴상망측한 소리는 배로 늘어났다. 박생에게 한마디 듣겠다 싶어 나도 모르게 큰 방 쪽을 봤다. 박생이 보이지 않았다. 그새 나간 모양이었다.

"우욱 우욱."

화장실에서 이상한 소리가 들렸다. 화장실 문을 여는 순간 심장이 뚝 멈추는 것 같았다. 박생이 변기통을 끌어안고 토하고 있었다. 박생의 입에서는 진득한 침이 줄줄 흐르고, 눈물과 땀으로 범벅이 된 얼굴은 석고처럼 하얬다. 얼른 가방에서 사진을 꺼내들었다. 그리고 뒤도 돌아보지 않고 집에서 뛰쳐나왔다. 가슴이 터질 것처럼 뛰었다. 이 불안함은 뭐지?

분명 헛지랄인데

"지난번에 돌아보기는 했지만 혼자라서 아무래도 엉성했어. 처음이다 생각하고 오늘 다시 시작하자. 지금 시간은 아침부터 저녁까지 근무하는 사람들일 거야. 오늘 돌고 나서 내일은 저녁 이후에 돌자, 알았지? 야! 리바이스, 너 내 말 듣고 있어? 무슨 생각해?"

아무래도 강파랑 말에 집중이 되지 않았다. 좀 전의 박생 모습이 머리에서 떠나지 않았다.

"왜, 갑자기 마음 변했니? 하기 싫어?"

강파랑이 눈을 갸름하니 뜨며 입술을 꽉 깨물었다. 그럴 줄 알았다는 표정, 너를 믿은 게 잘못이지라는 표정, 싫으면 그만두고 가든가라는 표정.

“해.”

나는 금방이라도 울 것 같은 강파랑을 보며 머리를 흔들어 박생을 털어냈다. 그래, 뭘 잘못 먹었겠지. 박생이 먹는 모습을 보면서 언제 한번 제대로 탈나겠다, 생각한 적 많다. 먹지 못해 죽은 귀신이라도 붙었는지 먹을 것을 보면 허겁지겁 달라붙어 게 눈 감추듯 해치운다.

“어차피 할 거면 최선을 다하란 말이야.”

강파랑이 신경질을 부렸다. 잠깐 어이없었다. 도움을 청한 것치고 강파랑은 너무 당당하고 뻔뻔했다.

“리바이스 아니고 리바이.”

나는 강파랑이 잘못 부른 내 이름을 바로 짚어주었다. 적어도 사람 이름은 제대로 불러줘야지.

“리바이스든 리바이든 그게 그거지. 따라와.”

강파랑이 팽 돌아섰다. 그게 그거는 무슨. 리바이스는 청바지 브랜드고 리바이는 내 이름이다. 확실히 다르다. 그럼 너보고 파랑이라고 부르지 않고 파랑색이라고 부르면 좋겠냐.

“이 동네는 제법 넓더라. 1동부터 4동까지 있어. 편의점은 모두 40개.”

헉! 무슨 편의점이 40개씩이나?

“편의점하고 크기가 비슷한 작은 슈퍼까지 합해서. 내가 대충 돌아본 것만 해도 그래. 못 본 곳도 있을 수 있고. 아무튼 샅샅이 잘 찾아봐야 해. 붙어 있으면 금방 돌아보기 쉬운데 흩어져 있어서 힘들어. 걸어 다녀야 하니까."

"이 넓은 동네를 그렇게 찾는다고? 어디쯤인지 몰라?"

강파랑과 말을 튼 후 처음으로 길게 말했다. 편의점이나 노래방에서 봤다고 말을 전해준 사람에게 어디쯤에 있는 편의점인지 물어보면 훨씬 쉬울 텐데.

"몰라. 그걸 알면 나 혼자 하지 너한테 도와달라고 하겠니?"

그거야 그렇지. 나는 강파랑 눈을 피해 먼 하늘을 바라봤다. 구름 한 점 없다. 오늘도 엄청나게 덥겠다.

아파트를 중심으로 해서 구역을 나눴다. 아파트가 없는 곳은 큰 사거리를 놓고 좌우로 나누었다.

"들어갔다 나올 때마다 체크해. 몇 개인지 잘 세라고. 그리고 닮은 사람이 있는 곳이 있으면 어디쯤인지 장소를 제대로 기억해놓고 나한테 바로 전화해, 알았지?"

그 정도는 나도 안다. 그런데 나는 휴대전화가 없다.

"너, 전화번호 몇 번이야? 저장해놔야지."

강파랑이 주머니에서 휴대전화를 꺼내들었다.

"없어."

"없어?"

강파랑이 장난치냐, 하는 눈빛으로 바라봤다.

"요즘은 걸음마 겨우 떼는 아이들도 휴대전화 있어. 내가 번호 안다고 뭔 일이야 내겠니? 빨랑 불러."

강파랑이 휴대전화를 들고 재촉했다. 속고만 살았냐, 진짜 없다니까. 그런데 걸음마 떼는 아이들도 있다는 휴대전화도 없는 게 쪽팔리기는 하다. 단 한 번도 그런 생각 해본 적 없었는데 왜 지금 이런 마음이 드는 거지.

"그래, 알았어. 어쨌든 대충 보지 말고 잘 살펴봐. 거의 이십 년이 지났으니까 얼굴이 많이 변했을 거야."

강파랑의 잔소리가 많아질수록 머릿속이 엉키는 것 같았다. 어제까지는 분명 들떴었는데 막상 시작하려고 하니 앞이 캄캄했다. 이십 년 전 사진으로 사람을 찾는다? 남자니까 성형의 걱정은 그다지 하지 않아도 될 것 같다. 하지만 이십 년은 길어도 너무 길다.

"이따 두 시에 여기에서 다시 만나기로 하자."

강파랑이 돌아섰다.

"잠깐! 혹시 그 사람 이름 알아?"

나는 강파랑을 불러 세웠다. 얼굴이 사진과 닮은 것 같기도 하고 아닌 것 같기도 하고, 긴가민가하면 이름을 물어보면 될 것이다. 아! 그렇게 좋은 방법이 이제야 생각나다니. 강파랑이 나를 뚫어져라 바라보며 뭔가 생각했다.

"그냥 얼굴만 봐."

분명 찾는 사람의 이름을 아는 것 같았다.

"이름을 물어보면 그 사람이 너는 누구냐고 물을 것 아니야."

"그럼 네 얘기 하지."

말도 한번 꺼내놓고 보니 하기 쉬웠다. 내가 말이 많아져서인지 강파랑이 얼굴을 찌푸렸다.

"그건 안 돼. 그냥 얼굴만 봐."

강파랑은 딱 잘라 말했다. 참, 무슨 이름에 금딱지라도 붙었나, 누가 훔쳐갈까 봐 그러냐. 아~씨 가르쳐주면 찾기도 쉬울 텐데. 무슨 비밀이 저렇게 많담.

오늘따라 더 덥다. 폭염주의보가 아니라 폭염경보쯤은 되겠다.

아차! 잊고 온 거 또 하나. 돈이 하나도 없다. 물이나 음료수라도 사 마셔야 하는데. 그리고 두 시까지면 점심은 어떻게 하나. 나는 열두 시만 되면 배가 고픈데. 솔직히 누군가에게 일을 시킬 때는 그 정도는 알아서 해주어야 기본이다. 그런데 강파랑은 아무 말 없이 가버렸다.

첫 번째 편의점.

직원이 여자다. 바로 나왔다.

한참 걸었다. 등줄기를 타고 땀이 비 오듯 쏟아졌다. 시원한 물 좀 마셨으면 참 좋겠다.

백 미터쯤 걷자 두 번째 편의점이 나왔다.

"어서 오세요."

삼십대 후반에서 사십대 초반으로 보이는 남자가 카운터에 서서 밝게 웃었다. 나이는 얼추 맞는 것 같은데…… 쌍꺼풀이 너무 짙다. 사진 속 남자의 눈은 부리부리하기는 하지만 쌍꺼풀은 지지 않았다. 여기도 아니다. 냉장고에 있는 물이 눈에 쏙 들어왔다. 진짜 시원하겠다.

햇볕이 살을 파고들었다. 아스팔트 열기에 숨이 탁탁 막히고 얼굴이 달아올랐다. 강파랑은 물을 마시고 있을까, 마시지 않고 있을까.

세 번째 편의점은 대학생, 네 번째 편의점은 아줌마, 다섯 번째 편의점 남자는 눈이 너무 작아서 아닌 것 같고, 여섯 번째 편의점 남자는 사진 속 남자에게서 흐르던 부티와는 정반대로 누추함과 불쌍함이 줄줄 흘렀다.

시원한 물이 아니라도 상관없다. 물이기만 하면 된다. 마시고 싶다. 입안이 쩍쩍 갈라졌다.

아파트를 중심으로 나눴던 구역을 모두 돌았다. 열두 시가 넘었다. 덥고 목마르고 배고프고 힘들다.

도저히 참을 수 없어 집으로 왔다. 냉장고에서 물을 꺼내 병째 입을 대고 마셨다. 천오백 밀리리터 한 병이 순식간에 비워졌다. 나는 그제야 큰방을 기웃거렸다. 박생은 없었다. 이 더위에 그 몸으로 장사를 나갔을까, 바퀴벌레약을 들고 100%를 외치는 박생의 누런 얼굴이 떠올랐다. 오늘은 그냥 쉬면 좋을 텐데.

물 한 병을 들고 다시 밖으로 나왔다. 큰 사거리를 중심으로 내가 돌아볼 곳은 오른쪽 편이었다. 시간이 지나면 지날수록 돌아보는 편의점이 많아지면 많아질수록 내가 뭐하는 짓인가, 문득 그런 생각이 들었다. 이래서 그 사람을 찾을 수는 있을까.

"야, 리바이스."

막 길을 건너는데 앞에서 누군가 손을 번쩍 들었다. 강주였다.

"어디 가냐?"

강주는 건들건들, 뼈 없는 사람처럼 몸을 흔들며 다가왔다. 무릎까지 오는 트레이닝 바지에 팔뚝이 훤히 드러나는 민소매 셔츠를 입고 있는 강주는 교복을 입었을 때와는 달랐다. 조금 더 성숙해 보인다고 할까, 쉽게 말해 늙어 보였다. 중학교 3학년이 아니라 군인이라고 거짓말해도 모두 속겠다.

"마침 잘 만났다. 할 말이 있는데 잠깐 보자."

강주가 키득거리며 내 팔을 잡아끌었다.

"안 돼."

"왜?"

"……."

"왜에?"

“바 바빠.”

“바빠? 뭐하는데 바쁘냐?”

“시 심부름. 심부름 가.”

“자식, 착하네. 심부름도 다 하고. 그런 거는 초딩 때 종치는 거 아니냐? 너는 동생도 없냐? 동생 시켜.”

순순히 놔줄 것 같지 않았다.

“급해.”

나는 손목시계를 들여다보며 얼굴을 찡그렸다.

“알았다. 할 수 없지.”

강주는 옆으로 비켜서서 가라는 눈짓을 했다. 생각보다 쉽게 포기해줬다.

두 시. 내가 맡은 구역은 거의 다 돌았다. 하지만 어디에도 사진과 비슷한 남자는 없었다. 놀이터로 걸어가며 이건 분명 쓸데없는 짓이라고 생각했다. 이십 년 전의 사진으로 사람을 찾겠다는 발상부터가 골 때린다. 전문적으로 사람 찾는 일을 하는 곳에서도 이런 황당한 경우 찾기 힘들겠다. 처음 강파랑이 도와달라고 손을 내밀 때 나는 몰랐다. 이 일이 넓은 모래밭에서 잃어버린 동전을 찾는 것과 같다는 것을. 신중했어야 했다.

강파랑도 허탕을 쳤다.

“대체 누구냐?”

온종일 답도 없는 헛고생을 했다는 생각에 슬며시 악이 바쳤다.

"……."

강파랑은 고개를 푹 숙였다. 물 한 모금도 마시지 못했는지 머리끝부터 발끝까지 숨 죽은 채소처럼 축축 늘어진 폼이라니. 게다가 햇볕에 제대로 익어 빨개진 얼굴은 보는 사람까지 화끈거리게 만들었다.

"그만 가."

강파랑은 대답 대신 고개를 저으며 말했다.

"내일은 몇 시야?"

풀 죽은 모습을 보니 하기 싫다는 말이 차마 나오지 않았다. 그래, 그깟 것, 며칠 헛고생한다고 생각하고 말자.

"내일은, 저녁에 보자. 일곱 시쯤? 괜찮니?"

밤이니 뜨겁지는 않겠다.

"오호~ 이게 누구?"

그때 거짓말처럼 강주가 눈앞에 짠! 하고 나타났다. 학도도 함께였다.

"이건 또 누구?"

강주는 눈알을 동글동글 굴리며 강파랑을 바라봤다.

"급한 일이 강파랑이었어? 흐흐흐, 니네 둘이 사귀냐? 표정들을 보니 아주 심각한 대화가 오고 갔나 보다?"

언뜻 봐도 오해하기 좋은 풍경이다.

"사귀기는 누가 사귄다고 그래?"

강파랑이 발끈했다.

"울랄라, 그렇게 화를 내니 더 의심이 가잖아. 괜찮아, 우리는 다 이해해. 그치, 학도야?"

강주가 학도 어깨에 손을 척 올렸다. 기다렸다는 듯 학도가 키득거렸다. 강파랑이 팔딱팔딱 뛰었다.

"다 이해한다니까. 리바이스, 강파랑하고 볼일 끝나면 나 좀 보자. 조~기서 기다릴게."

강주가 흐느적흐느적 해파리처럼 건들거리며 시소에 앉았다. 햇볕에 달궈진 시소가 뜨거운지 엉덩이를 잡고 죽겠다고 소리를 내질렀다. 학도가 강주 맞은편에 앉았다. 둘은 비죽비죽 웃으며 이쪽을 바라봤다.

"리바이스 데리고 가. 볼일은 무슨 볼일."

강파랑 눈에 독기까지 서렸다. 기분 참 그렇다. 저렇게까지 팔팔 뛸 거는 뭐람. 은근히 자존심 상한다.

"데리고 가도 되냐?"

강주가 엉덩이를 털고 일어났다. 내가 무슨 배구공도 아니고 지네 마음대로 토스하고 난리다. 강파랑은 말을 마치자마자 돌아섰다. 휘~잉, 강파랑이 일으킨 찬바람이 여러 사람 얼어 죽게 만들

정도로 매서웠다. 이 상황이 어쩔 수 없어도 그렇지, 온종일 저 때문에 고생했는데.

"비밀은 지켜."

강파랑이 혼잣말처럼 중얼거렸다. 사람 이렇게 대접하면서 걱정은 되나 보네.

"야, 리바이스!"

강파랑이 보이지 않자 강주가 내 어깨를 으스러져라 치며 소리쳤다.

"대단하다, 대단해."

그러더니 내 앞에 무릎을 꿇는 시늉을 했다.

"지난번에 내가 했던 말 기억하지? 같은 팀 하자는 말."

"……."

"너를 찜하고 나서도 고민 많이 했다. 비밀이야 제대로 지킬 것 같지만 말이야. 이리저리 살펴봐도 나이만 많았지 순 맹탕 같아서."

뭔 말이지?

"히히히. 그래서 우리 팀에 넣고 나서 따로 교육을 시켜야 하지 않나, 은근히 걱정했다."

아무리 들어도 모르겠다.

"그런데 기는 놈 위에 나는 놈 있고 나는 놈 위에 뛰는 놈 있다더니 그 말이 딱 맞다."

"야, 인마. 뛰는 놈 위에 나는 놈이다."

학도가 강주 말을 바로잡았다.

"뛰든지, 날든지, 그게 중요한 게 아니지. 아무튼 리바이스, 너는 우리보다 한 수 위일 것 같다. 히히히."

뭔 말인지 집중하고 들어도 모르겠다. 나는 눈을 멀뚱거리며 서 있을 수밖에 없었다.

"순진한 척 눈 끔뻑거리며 내숭떨기는. 도도한 강파랑도 너한테 넘어갔잖아?"

오해도 이렇게 확실하게 할 수가.

"그게 아니고 똥박사가 말한……."

"너, 장난치냐? 그런다고 우리가 속을 줄 아냐?"

진실을 말한다고 해도 통하지 않을 때가 있다. 상대가 모든 결론을 내린 후 마음의 빗장을 단단히 걸어 닫으면 그렇다. 지금이 그때인 것 같았다.

약속을 어기다

저녁부터 비가 쏟아지기 시작했다. 세상을 삼킬 것처럼 천둥소리도 요란했다. 지하에 살아본 사람들은 알 거다. 비 내리는 날의 아늑함을. 창문 밖으로 지나는 발걸음이 뜸한 날, 어느 것에도 구속되지 않는 자유로움을 만끽할 수 있다는 걸.

"청바지 혀~엉."

문이 열리며 비에 젖은 둥이가 들어왔다.

"안녕하세요? 우산을 씌우려고 해도 무섭다며 막무가내로 뛰네요. 옷 좀 갈아입혀 주세요."

우산을 든 복지사가 머리를 문 안으로 들이밀고 고개를 까닥하더니 사라졌다.

"무서."

둥이가 가방을 멘 채 이불 속으로 파고들었다. 엉덩이를 위로 치켜 올리고 두더지처럼 머리로 이불 속을 팠다.

우르릉 쾅쾅!

때맞춰 천둥이 쳤다. 둥이의 엉덩이가 덜덜 떨렸다. 옷을 갈아입히려고 했지만 둥이는 방바닥에 붙은 것처럼 힘을 주고 꼼짝하지 않았다.

둥이는 이불로 머리를 뒤집어쓴 채 그대로 잠이 들었다. 유난히 비를 무서워하고 천둥을 무서워하는 둥이. 이런 날은 먹을 것을 챙겨오지 않는다. 비와 천둥 외에 둥이의 머릿속에 입력된 것들이 모두 사라지는 날이다.

아홉 시가 다 되어 엄마가 왔다. 그때까지 둥이는 여전히 이불로 머리를 돌돌 말고 엉덩이를 내놓고 무릎을 꿇은 채 자고 있었다.

"박생은?"

"아직 안 왔어요."

"아직?"

우르릉 쾅쾅.

엄마 눈이 동그래졌다. 아직 박생이 들어오지 않아서인지 아니면 천둥소리 때문인지 잘 모르겠다.

"안 받네."

박생은 휴대전화도 받지 않았다. 엄마가 이불을 펴고 둥이를 바로 눕혔다. 아직도 둥이 옷은 마르지 않은 상태였다. 엄마가 둥이 옷을 갈아입혔다. 열네 살이나 먹은 둥이는 어린아이처럼 엄마에게 몸을 맡기고 빙그레 웃었다.

열 시.

열한 시.

"전화도 안 받고 어디 갔지?"

엄마는 박생에게 계속 전화를 했다.

열두 시.

엄마가 우산을 들고 나가려고 했다.

"내가 갈게요."

참 비도 무식하게 내린다. 우산에 폭포가 쏟아져 내리는 것 같다. 몸이 휘청거렸다. 버스 정류장으로 갔다. 거리도 버스 정류장도 텅 비어 있었다.

기다리는 동안 버스 세 대가 지나갔다. 도로에는 빗소리만 요란했다. 어쩌면 세 번째 지나간 버스가 막차였을지도 모른다는 생각이 들 찰나 빗줄기를 뚫고 라이트 불이 어른거리며 버스 한 대가 다가왔다.

비틀비틀. 제대로 서지도 못하고 버스 문 앞에서 비틀거리는 저 사람은 분명 박생이었다. 박생은 브레이크를 잡는 버스의 움직임

따라 자신의 몸을 맡기고 있었다. 버스 문이 열려도 박생은 바로 내리지 못하고 계속 비틀댔다.

"가~암사합니다~."

겨우 중심을 잡은 박생이 버스 기사에게 거수경례를 했다. 그리고 커다란 짐을 질질 끌고 내렸다. 우당탕탕! 요란한 소리를 내며 박생이 도로로 떨어졌다.

"박생!"

나는 우산을 던지고 박생 어깨를 잡았다.

"아이쿠 아이쿠, 죄송!"

박생은 엉거주춤 일어났다.

"괜찮아요?"

버스 기사가 놀라서 달려왔다. 박생이 해파리처럼 몸을 흐느적거리며 손을 마구 흔들었다.

"아저씨 깜짝 놀랐잖아요? 술을 그렇게 마시고 다니면 어떻게 해요? 정말 괜찮은 거 맞죠?"

버스 기사는 여러 가지 말을 한꺼번에 빠르게 내뱉으며 박생을 잡고 아래위로 훑었다.

"안녕히~ 가십시오."

박생이 힘 있게 거수경계를 했다.

"아는 사이냐? 괜찮은 거 너도 봤지? 술을 너무 마셔서 몸을 못

가눈 거지 절대 운전한 사람 잘못이 아니다.”

버스 기사는 책임을 묻지 않겠다는 다짐을 받아내려는 것 같았다.

“어잉? 리바이 아니냐?”

박생이 그제야 나를 발견했다.

“우리 아들 리바이입니다. 하하하.”

박생이 몸을 흔들며 웃었다. 아들이라는 박생의 말이 빗소리에 울려 더 크게 들렸다. 쪽팔렸다. 아들은 무슨. 그래, 아들이라고 해도 좋다. 괜찮은 자리에서 소개하면 내가 이렇게 쪽팔리지는 않겠다.

“어서 아버지 모시고 들어가. 아저씨! 아저씨 아들이 똑똑히 봤으니 다음에 다른 말 하면 안 돼요.”

버스 기사는 더 이상 할 말 없다는 듯 운전석으로 갔다. 아버지! 버스 기사가 아버지라는 말을 할 때 감전된 듯 몸이 부르르 떨렸다. 십칠 년을 살아오며 아버지라는 이름은 나와는 상관없는 낯선 이름이었다. 미스터 박, 생물학적으로 나를 있게 해준 사람이다. 내 마음속에 그의 존재가 있기는 하지만 그것이 아버지로 존재하는 것인지 확실히 모르겠다, 아직은. 그리고 엄마와 결혼해서 살고 있는 박생. 아버지라고 부를 수도 있겠지. 하지만 그런 단순한 관계로 박생을 내 마음속에 아버지로 넣고 싶지는 않다.

비 맞은 박생은 몸을 더 가누지 못했다. 일으켜 세우면 쓰러지고 또 세우면 쓰러지고. 어쩔 수 없이 박생을 업었다. 한 손으로 박생

엉덩이를 치켜 올리고 다른 손으로 바퀴벌레약이 든 짐을 끌었다.

빗물이 줄줄 흐르는 박생은 매미처럼 내 몸에 붙어 흥흥거렸다. 박생은 생각보다 가벼웠다. 하지만 가볍든 무겁든 그게 문제가 아니다. 미친 듯 쏟아지는 빗속을 박생을 업고 가야 하는 내 모습이 버스 기사가 말한 아버지라는 말만큼 낯설고 불편했다.

"뭐야?"

집으로 들어서는 나와 박생을 보자 엄마는 입을 다물지 못했다.

"으하하하, 하하하."

박생은 개구리처럼 납죽 엎드려 젖은 몸으로 온 방을 기어 다니며 웃었다. 천둥소리와 박생의 웃음소리가 묘하게 잘 어울렸다. 한참을 그러던 박생은 젖은 옷을 그대로 입은 채 잠이 들었다. 나는 그런 박생과 둥이를 번갈아보며 아버지! 아버지에 대해 골똘히 생각했다. 비에 젖은 옷을 입은 채 잠이 드는 박생과 둥이, 닮았다. 적어도 아버지와 아들이라면 저런 하찮은 것이라도 닮아야 하지 않을까…… 미스터 박과 나는 어떤 점이 닮았을까…….

큰방에 박생과 둥이가 자고 엄마가 작은방으로 왔다.

"미안해, 리바이."

떨리는 엄마 목소리가 어둠을 흔들었다. 나는 엄마의 울음소리와 빗소리 그리고 천둥소리를 들으며 잔 듯 만 듯 밤을 보냈다.

거짓말처럼 날이 개었다. 박생이 깨자마자 엄마가 몰아붙였다. 술 마실 돈이 어디서 났느냐, 집에 돈 갖다 준 적이 언제인지 아느냐, 애 등에 업혀 들어오면 어떻게 하느냐……. 박생은 누운 채 눈을 끔벅거리며 엄마 잔소리를 들었다. 사람이 화를 낼 때는 뭔가 반응을 보여야 한다. 그렇지 않으면 화를 내는 사람은 더 화가 나는 법이다. 엄마가 그랬다. 엄마는 말없는 박생에게 잔소리를 퍼붓는 데 쉬는 날 하루를 고스란히 바쳤다.

"해다, 해."

둥이는 창문에 쳐진 쇠창살을 붙잡고 밖을 내다보며 온종일 웃었다.

아침은 거르고 점심 겸 저녁을 먹었다. 박생은 먹지 않았다. 박생은 술병이 나서 그렇다고 했다. 하지만 변기통을 부여안고 토하던 걸 보면 꼭 술병만은 아닌 것 같았다.

똑똑똑.

막 숟가락을 놓는데 누군가 문을 두드렸다. 엄마가 가장 민감한 반응을 보였다. 저 문을 두드리는 사람은 정해져 있다. 둥이 학교 선생님이나 복지관 복지사 그리고 물세나 전기세를 받으러 오는 주인 할머니. 오늘은 일요일, 선생님이나 복지사가 올 리 없다. 엄마가 지갑을 찾아들고 문을 열었다.

"안녕하세요? 리바이 집이죠?"

낯설지 않은 목소리다 싶은 순간 강주 얼굴이 쑥 들어왔다. 놀라서 기절하는 줄 알았다. 차가운 얼음물을 갑자기 뒤집어쓴 것처럼 몸에 마비가 왔다. 쟤가 우리 집을 어떻게 알았을까.

"청바지, 우리 형이다."

둥이가 벌떡 일어나 강주를 향해 두 팔을 쫙 벌리고 웃었다.

"히히히."

이마를 쓸어 올리며 웃는 강주. 뜻하지 않은 둥이의 환영에 놀란 눈치다.

"리바이 동생? 반갑다."

강주, 둥이를 향해 손을 불쑥 내밀었다.

"먹어."

둥이는 상 위에서 구운 소시지 하나를 집어 강주에게 내밀었다.

"아 아 아니 됐어."

강주가 흠칫 놀라 뒤로 물러났다. 둥이가 죽자 살자 강주에게 달려들어 입에 소시지를 넣었다. 강주는 어쩔 수 없이 소시지를 받아 우물우물 씹었다.

나는 강주를 잡아끌고 집에서 나왔다. 영원히 감추고 싶은 비밀, 나만 알고 있어야 할 그것을 들킨 기분. 참을 수 없이 화가 났다.

"네 동생 이거냐? 맞지, 맞지? 아이~씨."

강주가 손가락으로 머리 위를 뱅글뱅글 돌렸다. 창자 속의 똥까지 모두 보인 기분이다. 체온이 상승하는 느낌이었다. 온몸이 화끈 거리며 어지러웠다.

"아~씨, 이제 어쩌냐. 나 소시지 알레르기인데. 돼지고기, 소시 지, 햄 이런 거 먹으면 안 된단 말이야."

강주가 입안에 남아 있는 씹다 만 소시지를 뱉어냈다.

"캬악! 가자."

강주는 가래까지 뱉으며 내 어깨를 감쌌다.

"어디?"

"우린 같은 팀이잖아."

일곱 시에 강파랑과 약속이 있는데. 하지만 나는 싫다는 말을 못하고 강주를 따라갔다. 누구라도 내 입장이 되어본 적이 있는 사람은 알 거다. 속속들이 내 것을 모두 본 사람에게 싫다, 라는 말 을 하는 게 얼마나 어려운지.

강주를 따라간 곳은 의외의 장소였다. 바로 학도의 집. 한국으 로 온 뒤 나는 단 한 번도 남의 집에 가본 적이 없다. 오라는 사람 도 없었고 갈 데도 없었다. 다른 사람들이 사는 모습은 텔레비전 을 보며 상상했다. 햇볕이 고스란히 드는 밝은 학도네 거실에 서 자 마치 다른 세상에 온 것 같은 착각이 들었다.

방에는 학도를 비롯해서 세 명의 아이들이 더 있었다.

"쟤냐?"

나를 보자 덩치가 제일 큰 아이가 물었다. 낯선 얼굴인 걸 보니 우리 학교에 다니는 아이 같지는 않았다.

"보기보다 철철 넘치는 능력을 가지고 있지."

"능력은 잘 모르겠고 말은 잘 듣게 생겼네."

말에 섞인 콧바람에 기분이 상했다. 그때 벽에 비스듬히 기대 누워 있던 학도가 벌떡 일어나 커튼을 내렸다.

맙소사!

학도가 리모컨을 누르는 순간 약간 어두침침해진 방 안에 가슴이 훤히 드러나는 민소매 셔츠를 입은 여자가 떡하니 나타났다. 화면에 그 여자 모습이 뜨는 순간 심장이 호들갑스럽게 뛰기 시작했다. 쿵덕쿵덕, 쿵쿵쿵, 펄떡펄떡, 펄펄펄. 이대로 있다가는 숨이 막힐 것 같아 브레이크를 잡으려 가슴을 지그시 눌렀다. 그래도 소용없었다. 나는 눈을 질끈 감아버렸다.

"우와!"

"꾸울~꺼억."

감탄 소리. 침 넘기는 소리.

나는 어떠한 소리에도 눈을 뜨지 않았다. 아니, 뜰 수 없었다.

얼마가 지났을까. 내가 눈을 떴을 때 텔레비전 화면은 까맣게 변해 있었다. 하지만 내 심장은 제자리를 찾지 못하고 쿠웅덕, 쿠웅덕, 뛰고 있었다.

강주는 나를 내숭떠는 아이로 몰았다. 라면을 끓여 먹으며 다음 주 일요일에 있을 아주 중대한 일에 대해 의논했다. 인터넷 채팅으로 알게 된 여자아이들을 만난다는 거다. 강주는 마침 남자 한 명이 모자라 나를 넣어준 거라며 행운으로 여기라고 했다.

"그 아이들 몇 학년인 줄 아냐? 고등학생이야, 인마."

강주는 이 말을 하며 대단히 자랑스러워했다.

어둑해져서야 학도네 집에서 나왔다. 강파랑과 만나기로 한 장소로 전속력으로 달렸다. 이미 여덟 시도 넘었다. 강파랑이 아직 기다리고 있지는 않을 거다. 그래도 혹시, 기다리고 있을지 모른다는 생각에 온몸이 땀으로 흠뻑 젖도록 달려갔다. 하지만 강파랑은 없었다. 나는 그네에 한참을 앉아 있다 돌아왔다.

그 남자

강파랑은 나를 투명인간 취급했다. 내 왼쪽 팔과 강파랑의 오른쪽 팔의 간격은 이십 센티미터도 되지 않았지만 그곳에는 냉랭한 기운이 감돌았다. 휴전 중인 비무장지대의 긴장감이나 곧 폭발할 시간을 앞둔 폭탄. 그것과 같았다.

강파랑 대신 강주가 엄청 친한 척이었다. 눈이 마주치면 히죽 웃는가 하면 오줌 누러 오며 가며 내 옆구리를 푹푹 찌르며 눈을 끔뻑였다. 그런 강주의 모습에 민소매를 입은 여자가 겹쳐 보였다. 나는 애써 강주 눈을 피하려 했다.

"잘 되어가고 있지?"

똥박사가 오랜만에 그 이야기를 꺼냈다.

"몇몇은 아주 힘든 고민을 해결하기도 했다. 지금까지 눈치나 보며 말 못할 고민으로 끙끙 앓고 있는 놈들은 이제 나를 믿고 시작해봐라."

똥박사 표정이 너무 근엄해서 웃음이 터져 나올 뻔했다. 자신감 넘치는 목소리를 들으니 크게 한 건 했나 보다. 똥박사가 해결했다는 그 고민의 주인공은 누구였을까, 슬쩍 교실을 둘러봤다. 딱, 저 아이다 싶게 얼굴색이 변한 아이는 없었다.

"나를 믿어봐라, 믿으란 말이다."

똥박사 목소리가 폴폴 날아올랐다. 도대체 누가 똥박사 어깨에 날개를 달아줬을까. '믿어'를 외치는 똥박사가 사이비 종교의 교주 같았다.

똥박사가 그 말을 하는 내내 강파랑은 수학 문제를 풀고 있었다. 나는 이제 그딴 것에는 관심 끊었소, 이런 얼굴이었다.

강파랑이 저러는 거 진짜 불편하다. 차라리 왜 그날 나타나지 않았느냐, 따지고 들었으면 좋겠다. 너 같은 걸 믿은 내가 바보 등신이다, 화라도 내면 이렇게 찜찜하거나 불편하지 않겠다. 그런데 월요일 학교에서 만났을 때부터 강파랑은 저랬다. 원래부터 말이라고는 섞어보지 않은 사이처럼 굴었다.

일부러는 아니지만 강파랑 뒤를 따라 교문을 나섰다. 강파랑이 우뚝 서더니 한 번 뒤돌아봤다. 왜 따라오느냐고 따지기를 은근히 바랐다. 하지만 강파랑은 앞에 아무것도 없는 것처럼 멍한 표정을 짓더니 돌아섰다. 정말 내가 보이지 않는 걸까, 의심이 갈 정도로 완벽에 가까운 연기였다.

강파랑은 교문 앞에 서 있는 학원 셔틀버스를 타고 가버렸다. 공부만 열심히 하기로 결심했나. 나는 안 보는 척 강파랑이 탄 셔틀버스가 눈에 보이지 않을 때까지 지켜봤다.

갈 데가 없다. 집 말고 다른 곳에 가고 싶었다. 왜 이런 생각이 드는 걸까. 천천히 걸었다.

네 시 반.

문득 그 남자를 찾아 나서고 싶다는 엉뚱한 생각이 들었다. 강파랑에게 투명인간 취급을 받는 지금, 무슨 이런 생각이 든담. 나는 고개를 저어 그 생각을 털어냈다. 하지만 찾아 나서야겠다는 생각은 쉽게 사라지지 않았다. 사라지기는커녕 갑자기 마음이 급해졌다. 나는 잠깐 집에 들러 가방을 놓고 가기로 했다. 둥이가 그새 와 있었다.

"청바지 혀~엉."

둥이는 큰방 문턱 앞에 서서 손을 흔들었다. 한번 머리에 입력된 것은 절대로 버리지도 않고 조금의 어긋남도 없이 기억해내는 둥이. 박생은 둥이에게 강조했다. 집에 왔을 때 아무도 없으면 밖에 나가면 절대 안 된다고. 그렇게 말하고도 안심이 되지 않았는지 아예 방문턱을 넘어서지 말라고 가르쳤다.

"청바지 혀~엉."

둥이 목소리가 다른 날과는 달랐다. 축축 늘어지는 게 완전 병든 병아리다. 달라진 건 목소리뿐만이 아니었다. 먹을 것을 갖고 달려들어야 하는데 그것도 하지 않았다.

"뜨거."

둥이가 제 이마를 짚으며 입을 헤벌쭉 벌렸다. 이마가 불덩이처럼 뜨거웠다. 입술도 하얗게 타서 갈라졌다. 비를 맞고 난 다음 날부터 병든 병아리처럼 비실비실거리더니 이제 제대로 병이 난 것 같았다. 자식아, 이 상황에서도 웃고 싶냐, 웃고 있는 둥이를 보자 화가 치밀었다.

약국으로 가 해열제를 사왔다.

"청바지 혀~엉. 먹어."

둥이는 해열제 한 알을 삼킨 후 한 알을 까서 나에게 내밀었다. 뿌리치려다 받았다. 먹지 않겠다고 하면 보나마나 달려들어 먹이려고 할 거다. 저 아픈 것은 생각하지도 않고 그럴 거다. 아픈 아이, 조금 편하게 해주자. 그래, 해열제 하나 그저 먹는다고 큰일이야 나겠냐. 나는 해열제를 보란 듯 물도 없이 꿀꺽 삼켰다. 둥이가 박수까지 치며 좋아했다.

둥이가 잠든 것을 보고 나왔다. 강파랑의 짐작대로라면 지금 이 시간이면 교대를 하겠지. 오늘밤, 지난번 돌아본 편의점을 모두 돌아볼 작정이다.

분명 헛지랄이라는 거 안다. 사진 속의 그 사람을 찾아낼 확률은 거의 없다. 토요일 하루 돌아보고 나는 그 사실을 깨달았다. 그걸 알면서도 돌아봐야겠다고 결심한 것은 나를 투명인간 취급하는 강파랑 마음을 돌려보고 싶어서 그러는 거는 아니다. 강파랑은 한국에 온 후 처음으로 나를 믿어준 아이다. 강파랑이 알아주든 말든 이렇게라도 해야 옳을 것 같았다. 먼저 아파트를 중심으로 나누었던 내 구역으로 갔다. 강파랑은 자신이 맡았던 구역을 그날 밤, 다 돌아봤을까.

첫 번째 편의점에 들어갔다. 머리가 허연 할아버지가 카운터에 서 있었다. 두 번째는 여자, 세 번째는 머리가 훌렁 벗겨진 오십대 정도의 아저씨…….

밤 열두 시가 다 되어갔다. 온몸이 땀으로 흠뻑 젖었다. 물 한 병을 사서 한 번에 들이켰다. 차가운 물이 들어가자 머리가 부서질 것처럼 아프고 온몸이 찌릿했다. 그제야 걱정하고 있을 엄마가 떠올랐다.

마지막으로 한 곳만 더 들어가 보기로 했다. 나는 길 건너 길모퉁이에 있는 편의점으로 뛰어갔다. 이럴 때 휴대전화가 있으면 얼마나 좋을까. 걱정하지 말라는 말을 전할 수 있으면 좋을 텐데. 중

학교 3학년이나 되면서 휴대전화가 없는 아이는 없다. 강파랑 말대로 걸음마를 떼면 바로 휴대전화가 생기는 세상이다. 하지만 단한 번도 휴대전화의 필요성을 모르고 살았다. 6년 동안 학교가 끝나면 집으로, 집에서 학교로, 그렇게 살았으니까.

"반갑습니다."

문을 열자마자 상큼 발랄한 인사다. 어서 오세요도 아니고 안녕하세요도 아니고 반갑습니다? 편의점에서는 처음 들어보는 인사말이다. 주머니를 뒤적여 돈을 꺼냈다. 들어가는 편의점마다 뭔가를 꼭 살 수는 없다. 하지만 저런 인사를 받고도 그냥 나오면 뒤통수가 엄청 뜨거울 거다. 삼각김밥을 샀다. 편의점을 찾은 제일 그럴듯한 이유이고 값도 싸다.

"열두 시네요. 할인해드리겠습니다."

할인해준다는 말에 기분 업이다. 돈을 내며 바라본 남자의 얼굴. 낯익은 얼굴이다.

"거스름돈입니다."

남자가 목소리만큼이나 상큼 발랄하게 웃었다. 닮았다, 저 눈, 저 코, 저 입. 사진 속의 남자다. 가슴이 뛰기 시작했다. 거스름돈을 받는데 손이 말을 듣지 않아 동전을 떨어뜨렸다. 친절한 남자는 동전을 주워 하나, 하나 세며 내 손바닥 위에 올려주었다. 한 손에는 삼각김밥, 다른 한 손에는 동전을 꼭 움켜쥐고 편의점에서 나왔다. 뭘 어떻게 해야 할지 머릿속이 텅 빈 것 같다. 한참 그러고 서 있다가 다시 편의점 안을 기웃거리며 그 남자 얼굴을 또 한 번 봤다. 이십여 년의 세월이 비켜간 것처럼 사진과 똑같았다. 강파랑에게 알려야 하는데. 지금은 밤 열두 시, 나는 휴대전화도 없다. 급하고 바빠도 내일 아침까지 기다리는 수밖에.

엄마는 집 밖에서 기다리고 있었다. 가로등이 희미한 골목에 서서 목이 빠져라 오는 사람, 가는 사람을 살피고 있었다. 멀리서 보는 엄마는 참 작았다. 업으면 박생보다 훨씬 가벼울 것 같다.

"이제 와?"

엄마는 왜 늦었느냐, 어디 갔었냐 묻지 않았다. 걱정했다는 말도 없었다. 내 손만 꼭 잡을 뿐이었다. 하지만 엄마 눈에 그렁거리는 물빛만으로 나는 엄마가 얼마나 걱정했는지 알 수 있었다.

밤이 길다. 잤다 깼다, 깼다 다시 잠들기를 반복했다. 잔 둥 만 둥이었지만 아침에 일어나니 머릿속은 맑았다.

눈을 뜨자마자 엄마보다도 먼저 집에서 나와 교문 앞에서 강파랑을 기다렸다. 왜 이렇게 내 가슴이 뛰는 걸까.

강파랑은 허리를 꼿꼿하게 편 채 오르막길을 올라왔다. 헉헉대거나 힘들다는 제스처 같은 것 없이 도도한 자태다. 가까이 접근할 수 없는 어려움. 며칠 전 나와 떡볶이를 먹고 편의점으로 남자를 찾아다니던 그 강파랑이 아닌 것 같은 착각까지 들었다.

"비켜."

내가 앞을 가로막자 강파랑이 차갑게 말했다. 소름이 오소소 돋을 정도로 살벌하다.

"할 말이……."

무서워서 입도 얼어 말이 제대로 나오지 않았다.

"너, 나 알아? 나는 너 몰라."

헐! 할 말이 쏙 들어갔다. 강파랑은 어깨로 내 어깨를 치고 지나갔다. 못마땅한 감정이 제대로 들어간 강파랑 어깨 힘은 천하장사 저리 가라였다. 나는 강파랑이 치고 간 어깨를 쓰다듬으며 멋쩍은 얼굴로 한참 동안 교문 앞에 서 있었다.

기회를 봤다. 강파랑이 나를 모르고 내가 강파랑을 모른다고 치자. 그래도 사진 속 남자를 만났다는 말은 해주어야 옳다.

쉬는 시간에 화장실에 다녀온 강파랑이 공책으로 부채질을 하고 있었다. 쉬는 시간에도 책 두더지처럼 책만 파고 있었는데 잠깐 숨 돌리기를 하는 모양이다. 나는 이때다 싶어 강파랑 앞으로 얼굴을 들이밀었다.

"편의점……."

"너, 나 아느냐고?"

강파랑이 소리를 빽 질렀다. 아~씨, 간 떨어질 뻔했다. 그래 내가 약속 어겼다. 너를 만나기로 해놓고 강주를 따라갔다. 하지만 우는 아이도 이유가 있어서 울고 저 하늘의 구름도 이유가 있어서 하늘에 떠 있는 거다. 약속을 지키지 못한 피치 못할 이유가 있다는 말이다. 내가 강주를 따라가고 싶어서 따라갔냐. 무슨 약속 한 번 어긴 게 죽을죄를 지은 것도 아니고 심해도 너무 심하다. 아이고, 관둬라, 관둬. 네가 답답하지 내가 답답하냐.

더 이상 노력하지 않았다. 그 남자를 봤다는 사실 자체를 내 머리에서 지우기로 결심했다.

수업을 마치고 교실을 나가는 강파랑에게서 다른 날보다 더 차가운 바람이 불었다. 옆에 가면 얼어 죽을 것 같은 살벌함이었다. 이제 안 따라간다. 나는 강파랑이 교문을 나갔을 시간에 맞춰 교실에서 나왔다. 되도록 걸음을 빨리해서 집으로 갔다. 다른 생각 드는 게 싫었다.

지하로 내려가는 계단 위까지 전화벨 울리는 소리가 들렸다. 잽싸게 뛰어 들어갔다.

"둥이입니다."

얼굴이 누렇게 뜬 둥이가 전화를 받고 있었다. 둥이는 나를 보더니 전화기를 내밀었다. 청바지 형이라고 부르지도 반가워하지도 않았다. 전화기를 건넨 둥이가 이불 위로 풀썩 쓰러졌다.

"리바이. 오늘 둥이 학교 못 갔어. 박생이 아침에 병원에 데리고 갔다 왔다는데 좀 어때? 이마 만져봐."

이마가 완전 불덩이다. 끙끙 앓는 소리도 냈다.

"뭐라도 먹이고 약 먹여줘."

보아 하니 약 먹어서 될 일이 아니고만. 병원 다녀온 애가 왜 이래.

"예."

일단 대답하고 끊었다. 밥을 물에 말아 먹이려고 해봤지만 둥이는 힘겹게 고개를 저었다. 나는 둥이를 들쳐 업고 집에서 가까운 병원으로 갔다.

"어? 아침에 왔다 갔는데 왜 이렇게 열이 심해요?"

글쎄, 아침에 진료 받고 갔는데 왜 이 모양이냐고 내가 묻고 싶다.

"고기."

소파에 비스듬히 앉아 체온을 재던 둥이가 수족관을 가리키며 입을 뻐끔거렸다. 다른 날 같으면 수족관을 끌어안고 수십 년 만에 만난 이산가족처럼 금붕어와의 만남을 기뻐할 둥이었다. 아프기는 많이 아픈 모양이다.

"할머니. 저 형 바보인가 봐. 큰 형이 금붕어보고 고기래. 꼭 아기처럼."

차례를 기다리고 있던 꼬마가 옆에 있는 할머니 귀에 대고 비밀인 것처럼 말했다. 귀에 대고 말했지만 목소리는 병원이 울릴 만큼 쩌렁쩌렁했다. 신문을 보던 사람, 잡지책에 코를 박고 있던 사람들 눈이 둥이에게 쏠렸다.

둥이는 링거를 맞았다. 열이 떨어지고 둥이 얼굴색이 제 얼굴색
으로 돌아올 즈음 박생에게 전화를 했다. 박생은 땀을 뻘뻘 흘리
며 바퀴벌레약이 담긴 큰 가방을 끌고 병원으로 달려왔다.

강파랑의 비밀

강주는 일요일에 어떠한 옷차림으로 와야 한다는 것과, 여자아이들을 만났을 때 절대 말해서는 안 될 것들에 대해 일장연설을 늘어놨다. 모여서 그런 야한 것을 본다는 것도 말해서는 안 될 것 중에 하나였다. 그야 입을 다물고 있으면 걱정할 게 아니지만 내 최고의 걱정은 몸매가 드러나는 꽉 끼는 티셔츠가 없다는 거다. 강주는 꼭 그런 옷을 입고 와야 한다고 못을 박았다. 여자아이들은 남자가 그런 옷을 입어야 좋아한다고 했다. 여자아이들이 좋아하는 옷을 찾아 입으면서까지 꼭 만나야 하나, 고민이 되었다. 하지만 이런 만남에 설레는 거는 사실이고 포기하고 싶은 마음이 없는 것 또한 사실이다.

나는 지금까지 내 나이를 제대로 경험하지 못하며 살았다. 어리광을 부릴 나이에는 호텔에서 잡일을 하는 엄마를 기다리느라 하루를 다 보냈고, 코피노라는 버려진 아이라는 짐을 메고 살았다. 어리광을 부릴 처지도 아니었고 받아줄 사람도 없었다.

사춘기, 기쁨과 즐거움 속에서 굳이 아픔을 찾아내고 그 아픔을 기반으로 성장한다는 그 시기에 나는 낯선 한국에서 악착같이 버텨내는 엄마를 봐야 했다. 가끔 가슴이 터질 것같이 답답하고 뭐든 뻥뻥 차버리고 싶은 기분이 들기도 했지만 엄마를 보며 감히 그럴 엄두도 못 냈다. 그렇게 나는 하루하루를 보내고 일 년 이 년을 보내며 열일곱 살이 되었다. 어쩌면 그 여자아이들을 만나는 일이 내 나이에 맞는 첫 경험이 될 것이다. 티셔츠 때문에 그 설렘을 포기하는 거 바보 같은 짓일 거다.

몸매가 드러나는 티셔츠. 근육이 불룩거리는 운동선수의 몸매가 떠올랐다. 운동선수만큼은 아니지만 그런 티셔츠를 입으면 나도 나름 괜찮을 것 같다. 하지만 그걸 어디서 구한담. 그렇다고 다른 것을 입고 가겠다는 말을 할 수는 없다. 그건 나만 알고 있어야 할 비밀을 내놓는 것처럼 자존심 상하는 거다.

목요일이 되자 본격적으로 고민이 되기 시작했다. 차라리 포기하고 싶은 생각이 들었다. 하지만 이제 와서 가지 않겠다고 하면, 집에 급한 일이 있다고 하면 강주가 순순히 그래라, 할까? 그럴 리

없다.

"안 들리니? 저리 좀 비키라고."

머릿속 가득 몸에 꽉 끼는 티셔츠 생각을 넣고 이리저리 궁리를 하는데 강파랑이 소리를 빽 질렀다.

"더워 죽겠는데 왜 이쪽으로 몸을 기울이냐고? 여기까지는 내 자리야."

강파랑이 내 자리와 자기 자리 중간을 칼로 자르듯 손으로 가르고 있었다. 몸을 세우고 의자를 당겨 바로 앉았다. 별로 넘어간 것 같지도 않은데.

"내 자리, 네 자리, 그런 개념도 없으니 약속을 어기는 거지, 재수 없어."

강파랑이 혼잣말처럼 중얼거렸다. 너, 나 아느냐고 두 눈 똑바로 뜨고 대들 때는 언제고 이제 와서 그 얘기다. 그것도 몸이 약간 옆으로 넘어갔다는 이유로.

"청바지!"

그때 강주가 불렀다. 돌돌만 종이를 들고 눈을 끔벅거리더니 나를 향해 힘껏 던졌다. 휘익~ 날아온 종이뭉치가 하필이면 강파랑 얼굴을 때렸다.

제대로 일이 터졌다. 사람의 얼굴이 한순간 저렇게 변할 수도 있는 거구나. 강파랑의 눈이 무섭게 변했다. 구미호가 사람으로 둔

갑하기 직전, 푸른빛을 내며 치켜뜰 때의 눈, 강파랑이 그랬다. 강파랑은 강주를 노려보며 자리를 박차고 일어났다.

"어? 미안, 미안."

강주가 이마를 쓸어 올리며 허리를 굽신거렸다. 하지만 누가 봐도 진짜 미안한 표정은 아니었다. 강주 얼굴에는 장난기가 줄줄 흘렀다.

"미안하다면 다야?"

강파랑 목소리에서 팅팅 쇳소리가 났다.

"아따 미안하다고 하잖냐? 깐깐하게 굴기는."

학도가 끼어들며 강주 편을 들었다.

"……저……질."

강파랑이 입술을 질끈 깨물며 나지막하게 말했다.

"뭐, 저질?"

강주가 그 말을 들었다.

"도도한 척하기는, 그럼 너는 고질이냐? 웃기네."

강주는 화를 내기는커녕 능글거리며 웃었다. 강주의 그런 행동이 강파랑을 더 화나게 했다. 강파랑의 눈 밑이 파르르 떨리는 순간이었다. 강파랑은 책을 집어 강주에게 던졌다. 책은 무지막지하게 강주의 얼굴을 가격했다.

"아~씨~."

얼굴을 더듬거리던 강주가 벌떡 일어났다. 코피가 흐르고 있었다.

"야, 이 계집애야. 너는 얼마나 잘났냐?"

강주는 흐르는 피를 팔뚝으로 문질렀다. 코 옆으로 핏자국이 길고 선명하게 그려졌다.

"쳇, 네까짓 게 그렇게 잘난 척해 봤자 아니냐고."

강주의 한쪽 입 꼬리가 옆으로 올라갔다. 입 꼬리를 타고 비웃음이 줄줄 흘러내렸다.

이번에는 강파랑 책상 위에 있던 필통이 강주를 향해 날아갔다. 날아간 필통은 강주의 이마에 정통으로 맞았다. 필통을 날린 강파랑은 주먹을 꽉 쥐고 온몸을 바르르 떨었다.

"비열해."

저질에 비열까지. 강주의 인간성이 완전하게 쪽박 차는 날이다.

"흥!"

화를 낼 줄 알았던 강주가 콧방귀를 날리더니 피식 웃었다.

"왜 그렇게 웃어?"

강파랑의 목소리가 떨렸다. 옆에 앉은 나에게도 진동이 느껴질 정도로 강하게 떨었다.

"왜, 내가 웃는데 네가 무슨 상관이냐? 웃는 것도 허락받고 웃어야 하냐?"

강주는 강파랑을 아래위로 훑어보며 비아냥거렸다.

“뭐야?”

이제는 강파랑의 온몸이 덜덜 떨렸다.

“별것도 아닌 게 잘난 척은…….”

“그렇게 입이 간지러우면 말해! 소문내라고”

강파랑은 강주 말을 중간에 싹둑 자르더니 책상에 털썩 엎드려 울음을 터뜨렸다. 도대체 이 상황이 이해가 되지 않았다. 완전 도깨비에게 홀린 기분이었다. 나는 강파랑 얼굴을 치고 바닥에 떨어진 종이를 주워들었다.

일요일에 입을 옷 사러 갈래? 학도도 새 옷이 필요하다고 한다. 네 몸매의 결점을 환상적으로 커버해줄 수 있는 브랜드가 왕창 세일한단다. 섹시한 몸매 탄생을 꿈꿀 수 있거덩.

이런 내용이었다.

강파랑은 수업 시간 내내 고개를 숙이고 있었다. 책을 펴놓고 필기도 열심히 하는 척했지만 그렇지 않다는 걸 옆에 있는 사람은 다 안다. 훌쩍훌쩍 코를 들이마시는 소리도 들리고 큼큼거리며 목을 가다듬기도 했다. 울고 있다는 증거다.

뭔가 강파랑의 비밀을 강주가 알고 있는 눈치다. 강주는 똥박사가 정해준 짝도 아닌데 강파랑의 비밀을 어떻게 알고 있을까. 그리고 그 비밀은 대체 뭘까.

강파랑은 점심도 굶었다. 엉덩이가 의자에 붙어버린 아이처럼 화장실 한 번 가지 않고 7교시가 끝날 때까지 꼼짝 않고 앉아 있었다. 강파랑이 책상에 엎드려 대성통곡을 한 뒤로 강주도 입을 다물었다.

강주에게 강파랑에 대해 묻고 싶었다. 하지만 그럴 수도 없다. 지난번 놀이터에서 강파랑과 함께 있다 들킨 게 마음에 걸렸다. 내가 강파랑에게 관심을 갖는 모습, 보이지 않는 게 나을 것 같았다.

강파랑이 결석을 했다. 어제 강주와의 일이 원인일 거다. 나는 수업 시간 내내 강파랑의 빈자리를 힐끔거렸다. 강주가 알고 있는 강파랑의 비밀에 대한 궁금증은 더 커져갔다.

강주는 어제 쪽지에 대해 더 이상 말이 없었다. 왕창 세일한다는 브랜드 티셔츠를 사러 가자고 하면 뭐라고 둘러댈까 돈이 없어 은근히 걱정이 되었는데 정말 다행이다.

"일요일 오전 10시까지 학도네 아파트 입구로 와라."

수업이 끝난 후 강주는 퉁명스럽게 한마디 내던지고 가버렸다. 강주 속도 그다지 편하지 않다는 증거다.

머리가 터지겠다. 티셔츠 걱정이 반, 강파랑 비밀에 대한 생각이 반이다.

터덜터덜 걷는데 눈이 확 떠졌다. 강파랑이다. 분명 강파랑이 놀이터에 서 있었다. 강파랑은 나를 보자 손짓을 했다. 결석하더니 여기는 웬일.

"나는 찜찜한 것은 못 참아."

강파랑의 첫마디였다.

"확실하게 아는 게 차라리 나아."

두 번째 말이다.

"네가 나에 대해 아는 거 다 말해봐. 들어야 내 속이 편해지겠어. 어차피 너에게는 다 말하려고 했으니까 상관없기도 하고."

세 번째 말에서도 나는 강파랑이 도대체 무슨 말을 하는지 감을 잡지 못하고 멍청하게 서 있었다.

"너는 나를 어떻게 생각해?"

이건 또 무슨 소리.

"……."

자기에 대해 아는 걸 다 얘기해보라더니 또 저를 어떻게 생각하느냐는 질문이다. 강파랑은 공부 좀 하고 약간은 도도하고 그런대로 괜찮은 외모, 그리고 똥박사가 정해준 짝. 또 한 가지 이십여 년이 지난 사진 한 장을 들고 누군가를 찾고 있다는 것, 그것이 내가 알고 있는 강파랑의 전부다. 어떻게 생각하느냐고? 도도한 것도 맞고 남의 말 싹둑 잘라버리고 제 말만 하는 벽창호 같은 구석이 있다. 누가 그런 사람을 좋아하겠냐. 어떻게 생각하는지 말하지 않아도 알 텐데.

"나는 너를 좀 다르게 봤어. 친하게 지내도 괜찮겠다는 느낌이 들었다고. 그래서 같이 사람을 찾자는 부탁도 한 거야. 나, 그렇게 쉽게 내 이야기를 하는 아이 아니야. 부탁은 더더욱 그렇고."

강파랑이 금방 울 것 같았다. 이 말은 나를 괜찮게 생각한다는 말이다. 갑자기 몸 둘 바를 모르겠다.

"강주가 나에 대해 어디까지 말했어?"

글쎄, 특별히 들은 말 없는데? 뜻하지 않은 고백을 듣고 나니 있던 생각도 없어지는 것 같았다.

"네 표정 보니 다 들은 것 같구나."

대체 무슨 말인지. 제발 말을 할 때는 앞부터 얘기 좀 했으면 좋겠다. 노릇하게 튀겨진 통닭을 내놓고 이게 수탉인지 암탉인지 알아맞혀 보라면 너는 알겠냐? 살아생전의 닭 머리를 봐야 알지. 앞에 말을 들어야 뒷말을 이해하는 거 아니냐고.

"강주한테……."

"그런데 강주가 잘못 알고 있는 것이 있어."

나는 강주한테 아무 말도 듣지 않았다는 걸 말하려고 했다. 그런데 강파랑이 내 말을 잘랐다. 아무튼 남의 말 중간에 싹둑 자르기 선수다.

"나는 입양된 거는 아니야."

이건 뭔 말?

"아니, 강주……."

확실히는 몰라도 입양이라는 말이 나오는 걸 보면 강파랑에게는 상당히 중요한 말인 게 확실하다. 나는 남의 진짜 비밀, 그러니까 중요한 비밀을 모르는 척 들을 만큼 배포가 있지 않다. 강주에게 아무 말도 듣지 않았다는 걸 빨리 말해 강파랑 입을 막고 싶었다.

"그래, 강주는 내가 입양되었다고 말했을 거야."

그런데 강파랑이 또 말을 막았다. 미치겠다, 말 좀 하자.

"리바이스, 너니까 내가 솔직하게 말하는 거야."

나에게 솔직하게 그런 말을 할 이유가 뭐냐고 묻지도 못할 만큼 강파랑은 진지했다. 그래서 내 이름을 틀리게 불렀다는 말도 하지 못했다.

"강주는 바로 우리 앞집에 살아. 언젠가 강주 엄마가 우리 엄마와 술을 마시고 노래방까지 갔던 적이 있었는데 그때 우리 엄마가 내가 딸이 아니라는 말을 했대, 술김에. 나는 강주 엄마가 입이 상당히 무거운 줄 알았어. 우리 엄마도 그렇다고 믿었기 때문에 술김이라도 그런 말을 했겠고. 물론 딸이 아니라는 것만 말했어. 그런데 나중에 알고 보니 강주 아빠에게 모두 말했더라고. 강주도 알고 있고. 졸지에 나는 입양아가 된 거고. 강주 새끼 그걸 알고 나서 꼭 내 약점을 잡은 것처럼 구는데 진짜 재수 없어.”

누군가의 비밀을 듣는다는 것은 상당히 부담스럽다. 특히 나를 믿고 있다는 전제하에 털어놓는 비밀은 더욱 그렇다. 강파랑이 입양이 되었든 그렇지 않든 솔직히 나하고는 상관없다. 그런데 왜 나한테 이러는지 모르겠다. 중간에 말을 자를 수도 없고, 미치겠다.

“나는 입양아는 아니야. 내가 하는 말 비밀 지켜줄 거라고 믿어. 사실은 지금 우리 엄마는 엄마가 아니고 할머니야, 외할머니.”

엄마가 아니고 할머니든, 외할머니든, 그게 뭐 어떻다고. 뭐? 엄마가 외할머니라고? 정리가 잘 되지 않았다. 외할머니라면 엄마의 엄마다. 짧은 순간에 여러 가지 생각이 마구 엉켰다. 엄마가 죽기라도 했나. 그러니 외할머니가 키우겠지. 그렇게 답을 내리려는데 또 다른 의문이 뒤따랐다. 외할머니를 굳이 엄마라고 불러야 하는 이유는 뭘까.

“사진 있지? 너랑 나랑 편의점에서 찾고 다니던 그 남자.”

강파랑이 갑자기 사진 이야기를 꺼냈다. 순간 그 남자를 찾았다는 말을 해줘야 할 것 같은 생각이 들었다.

“그 남자가 바로…….”

강파랑이 입술을 질끈 깨물었다. 강파랑은 한참을 그러고 있었다. 그 남자를 찾았다는 말을 해야 하는데 이 분위기에 그 말을 해야 하나 하지 말아야 하나 판단이 서질 않았다.

"아빠래."

강파랑은 힘겹게 말했다. 무거운 짐을 지고 언덕을 오르는 사람처럼 숨을 몰아쉬며. 빠르게 정리가 되지는 않았지만 분명한 것은 강파랑이 입양아라는 것보다 가족도가 훨씬 더 복잡하다는 거다.

강파랑의 비밀을 햇볕에 말리다

강파랑은 시원하다고 했다. 엄마라고 불렀던 사람이 외할머니라는 걸 알게 된 게 2년 전, 중학교 1학년 때. 그 전에는 그저 늦둥이인 줄 알았다고 했다. 강파랑은 2년 동안 혼자 품고 다독이며 지내야 했던 상처를 담담히 풀어놨다. 강파랑은 시원한지 모르겠지만 나는 달랐다. 강파랑의 짐을 나눠진 것처럼 어깨가 묵직했다.

"나하고 열일곱 살 나이 차이가 나는 언니가 있는데 내가 중학교 1학년 때 결혼했어. 그런데 그 언니가 바로 나를 낳아준 엄마더라고. 결혼식 전날 할머니와 언니가 말하는 걸 우연히 듣고 사실을 알게 되었어."

엄마인 줄 알았는데 외할머니였고, 언니인 줄 알았는데 엄마였다는 말이다.

"마치 길을 잃은 기분이랄까. 가시덤불이 무성한 숲 한가운데에 서 있는 것 같았어. 주위는 별빛 하나 없이 캄캄하고 어느 방향으로든 한 발자국도 움직일 수 없는 두려움, 그랬어. 처음에는 가출을 할까, 생각이 들더라. 엄마 아빠에게 버림받았는데 당연히 그래야 할 것 같았어. 하지만 끝내 행동으로는 옮기지 못했어. 엄마, 아니 외할머니가 불쌍해서 그렇게 못하겠더라. 자기가 낳은 딸을 맡겨놓고도 뻔뻔스러울 만큼 당당하게 구는 언니에게 복수를 해야겠다는 마음보다 외할머니를 슬프게 하지 말아야겠다는 마음이 더 컸어."

결코 부화될 수 없는 알을 품고 있는 어미닭처럼 치유될 수 없는 상처를 안고 있던 강파랑. 강파랑은 시간이 갈수록 점점 더 쓰리고 덧나는 상처를 햇볕에 내놓고 싶었다고 했다. 누군가를 붙잡고 엄청난 자신의 상처를 고백하면 곪아가는 상처가 꾸들꾸들 말려질 거라고 생각했단다. 하지만 햇볕이 될 만한 사람을 찾지 못해 지금껏 혼자 상처를 껴안고 있었다고 말하는 강파랑. 모든 걸 고백하니 시원하다는 말, 그럼 강파랑이 찾던 햇볕이 나라는 말인가. 강파랑 말에 공감 백배, 이해 천배. 하지만 부담은 만배였다.

"우리 엄마 아니 외할머니가 다 좋은데 그놈의 술만 마시면 제어를 못해. 강주 엄마에게 '파랑이는 내 딸이 아니다'라는 말을 한 것도 술에 취해서야. 강주 엄마가 원래 사근사근, 요것조것 잘 물어보는 스타일이거든. 술에서 깨어나 땅을 치고 후회하면 뭐해. 외할머니는 강주 엄마가 입은 무겁다고 스스로 위로했어. 나도 그렇게 믿었고. 믿는 도끼에 발등 찍힌 거지, 뭐. 너한테 다 털어놓고 나니까 두려움도 사라진 것 같아. 이제 강주가 아이들에게 소문을 낸다고 해도 괜찮을 것 같아. 입양아라고 하면 어때? 그리고 입양아가 뭐 어때서. 사실 내가 그보다 더 나은 것도 없잖아. 부모에게 버림받은 것은 같은 걸, 맞지?"

강파랑이 웃으며 물었고 나도 어정쩡하게 웃음으로 대답했다.

"됐고. 이제 네 이야기 해봐. 너는 할 말 없어?"

강파랑이 숨을 깊게 들이쉬며 물었다. 나는 고개를 흔들었다. 나는 강파랑과 달리 누군가와 내 것을 공유하고 싶은 마음이 없었다. 상처든 아픔이든 곪고 썩어 잘라낼 수도, 치유할 수도 없을 정도로 악화되어도 내 몫으로 남겨두고 싶었다.

"말하기 싫으면 하지 않아도 돼. 하지만 하고 싶어지면 망설이지 말고 말해."

그런 일은 없을 거다.

"그런데 뭐 한 가지 물어봐도 돼? 그날 왜 안 나왔어?"

"……"

그날이라면 바로 그날이다. 밤에 편의점을 돌아보기로 한 날. 강주를 따라갔다고 솔직하게 말하자니 뭔가 찜찜했다.

"강주랑 같이 있었지?"

그걸 어떻게 알았지? 잘못을 들킨 아이처럼 뒤통수가 뜨끔해졌다.

"이상한 거 봤지?"

헐!

"놀랄 것 없어. 강주는 원래 그렇거든. 하는 짓이라는 게 만날 똑같지 뭐. 그 애랑 어울리고 싶디?"

강파랑이 야릇한 표정으로 나를 아래위로 훑었다. 강파랑의 눈길이 닿는 곳마다 따끔거렸다. 마치 홀딱 벗고 있는 느낌이다.

"저질."

강파랑이 중얼거렸다. 나는 눈을 질끈 감고 있었다고, 민소매 입은 여자가 나오는 부분만 살짝 보고 그다음은 절대 안 봤다고 말해야 하나? 그럼 믿어줄까?

"또 만나기로 했지? 강주랑 어울리지 마. 나는 네가 강주랑 친하게 지내지 않았으면 좋겠어."

우리가 만나기로 한 건 또 어떻게 알았을까. 완전 족집게다. 나는 강파랑이 여자아이들을 만나기로 한 것까지 짚어낼까 봐 불안했다.

"그건 그렇고 지난번에 하기로 했던 것, 오늘 밤에 하면 어떨까? 너, 학원 가야 하니? 나도 이십여 년 전, 아니 정확하게 말하면 십칠 년 전 사진이다. 이십 년이든 십칠 년이든 오래된 사진을 가지고 그런 식으로 사람을 찾아다니는 게 얼마나 무모한 짓인지 알아. 하지만 나에게 아빠가 되는 사람이 어떤 사람인지 꼭 한 번은 보고 싶어.”

생물학적으로 생명을 준 사람. 강파랑도 내가 미스터 박에 대해 막연한 믿음의 끈을 잡고 있는 것과 같았다. 한 생명을 세상에 나오게 해놓고 그 생명에 대한 미래를 책임지지 않았던 사람. 하지만 직접 만나 보기 전에는 절대적으로 미움만 있을 수 없다는 걸 잘 알고 있다.

“그 사람…….”

그래, 만날 수 있다면 만나 보는 게 좋겠다. 그 사람을 봤다는 말을 해주어야 할 것 같았다. 만나고 나면 마음에 다른 상처가 생길 수도 있지만 그건 또 강파랑이 감당해야 할 몫이다.

“내 출생의 비밀을 알고 나서도 아빠 되는 사람이 어디에 살고 있는지 전혀 몰랐었어. 외할머니가 그 일에 대해서는 어떠한 말도 하지 않았거든. 나도 알고 싶지 않았고. 그런데 얼마 전 우리 외할머니 친구가 아빠를 봤다고 말해줬어. 그 할머니는 처녀 적부터 외할머니랑 친구라서 비밀이 없거든. 그런데 술에 취해 노래방에서 봤는지 물 사러 편의점 들어갔다 봤는지 아리송하대. 그놈의 술이 웬수지. 처음에는 찾아 나설 생각이 없었어. 외할머니가 싫어

할 줄 알았거든. 그런데 만나 보라고 외할머니가 더 적극적이야.”

강파랑이 또 중간에 끼어들어 제가 하고 싶은 말을 했다. 그것도 아주 길게.

“내가 봤어, 그 사람.”

강파랑이 끼어들지 못하게 재빠르게 말했다.

“뭐?”

“봤다고.”

강파랑은 내 말뜻을 알아듣지 못하는 것처럼 고개를 갸웃거렸다.

“혼자 돌아보다가 만났어.”

“언제?”

“며칠 전.”

“그걸 왜 지금 얘기해?”

강파랑은 두 주먹을 불끈 쥐고 소리쳤다. 목에 힘줄이 빳빳하게 서고 눈에서 파란 레이저 광선이 뿜어져 나왔다.

“말하려고 했지.”

“그럼 말했어야지. 어디야? 빨리 가자.”

강파랑은 마치 빚쟁이 몰아세우듯 나를 닦달했다. 말할 기회를 주지 않았으면서 완전 죄인 취급이다.

놀랄 만한 출생의 비밀을 알고도 자신의 상처보다 외할머니의 아픔을 먼저 봤던 강파랑. 그래서 가출보다 담담히 받아들이는 쪽을 택했던 강파랑. 그렇게 용감한 강파랑이 문제의 편의점이 빤히 보이는 횡단보도 앞에 서자 초조한 빛을 감추지 못하고 신호등이 몇 번이나 바뀔 때까지 길을 건너지 못하고 망설였다.

"안 가?"

"가."

드디어 강파랑이 길을 건넜다.

"네가 들어가서 그 사람이 있는지 보고 와."

편의점 근처에는 다가가지도 못하고 강파랑이 말했다.

다섯 시 삼십 분. 그 사람은 없었다.

길모퉁이에 서서 무작정 기다렸다. 강파랑은 가만히 있지 못하고 발을 동동 구르고 머리를 박박 긁고 목을 계속 큼큼거렸다. 나는 강파랑을 보며 내 모습을 상상해봤다. 내가 만약 지금 미스터 박을 기다리고 있다면, 잠시 후에 미스터 박이 내 앞에 나타난다면 나도 강파랑과 같은 모습일까. 크게 다르지는 않을 것 같다. 아니, 나는 좀 더 불안해하고 좀 더 초조해할 것이고 견디다 못해 다음을 기약하며 돌아설지도 모른다.

"너는 그만 갈래?"

한참 후에 강파랑이 말했다.

"그래. 너는 가는 게 좋겠어."

강파랑이 또 말했다.

"그래, 뭐."

궁금했다. 태어난 후 처음 만나는 아빠와 딸. 그 만남은 나와 미스터 박의 만남과 닮았을 거다. 어떤 모습인지 보고 싶지만 굳이 남겠다고 할 구실이 없었다.

"잠깐!"

돌아서려는데 강파랑이 내 팔목을 꽉 움켜잡았다.

"저 저 저기, 저 사람 맞지?"

강파랑이 후드득 떨었다.

"마 마 맞네."

나도 말이 더듬어졌다.

멀리서 봐도 상큼 발랄이다. 무스로 단정하게 쓸어 넘긴 머리, 흰 셔츠에 감색 바지, 더운 날씨에도 처지지 않는 발걸음.

강파랑은 그 사람이 편의점 안으로 들어가고 난 후에도 그 자리에서 꼼짝하지 않았다.

"그만 가자."

강파랑은 편의점 출입문만 뚫어져라 바라보다 돌아섰다. 갑자기 내 몸에 있던 기운들이 썰물처럼 빠져나가는 느낌이었다. 강파랑은 나와 헤어질 때까지 한마디도 하지 않았다.

밤새도록 강파랑 생각을 했다. 그 생각은 토요일 오전까지 이어
졌다. 하지만 토요일 오후가 되면서 발등에 떨어진 걱정거리 때문
에 그 생각은 잠시 잊었다. 그놈의 티셔츠. 몸매가 드러나게 꽉 맞
는 티셔츠, 티셔츠를 구해야 하는데.

계속 몸이 좋지 않은 둥이는 복지관에 가지 못하고 토요일 내내
앓았다. 오전에 병원에 다녀와 죽은 듯 눈을 감고 누워 있더니 오
후가 되자 겨우 눈을 끔벅거렸다.

"청바지 혀엉, 뭐 찾아?"

가물가물 감기려는 눈을 억지로 뜨며 둥이가 참견했다. 장롱을
열고 박생 옷부터 둥이 옷까지 모조리 뒤지고 있던 때였다. 옷이
라고 이게 다 뭐람. 입을 거라고는 단 한 개도 없었다.

"옷 찾아?"

티셔츠, 티셔츠. 머릿속에 티셔츠라는 말은 둥둥 떠다니고, 답은
없고 신경질이 나는데 귀찮게 물었다.

"어떤 옷?"

둥이는 힘겹게 몸을 일으켰다. 살 만한가 보다. 그런데 가만, 내
눈이 둥이가 입고 있는 옷에 딱 멈췄다. 자주색 바탕에 가슴 쪽으
로 흰 줄이 쳐 있고 브이넥으로 목선이 훤히 드러났다. 정품은 아
니지만 유명 브랜드의 로고도 찍혀 있다. 둥이에게 약간 헐렁하니
까 내가 입으면 몸에 달라붙겠다.

“일어나 봐.”

나는 둥이를 일으켜 세우고 티셔츠를 꼼꼼히 살폈다. 산 지 얼마 되지 않아 낡은 구석도 없었다. 나는 둥이에게 다른 옷을 입히고 그 티셔츠는 빨아 널었다. 은은한 향내가 나는 세제로 빠는 것도 잊지 않았고 냄새를 유지하기 위해 두 번만 살짝 헹궈냈다. 나는 곧 내 앞에 펼쳐질 새로운 경험에 설레고 살짝 흥분되었다. 그 기분은 강파랑의 일을 잠시 잊게 했다.

입원

휴일이면 집안귀신처럼 집 안에만 처박혀 지내던 나의 외출은 엄마까지 들뜨게 만들었다.

"리바이. 다음 월급 타면 티셔츠 사줄게."

엄마는 둥이 티셔츠를 입은 나에게 미안해하며 운동화에 묻은 먼지도 털어주고 이마에 흘러내린 머리카락도 쓸어 올려주었다. 엄마는 엄마 자신의 화려한 외출을 준비하는 사람 같았다. 얼굴은 발그스름하니 밝아졌고 말도 많아졌다.

"이렇게 자주 나가면 좋겠다."

엄마는 내 손에 만 원짜리 한 장을 쥐어주었다. 어디에 가는지 누구를 만나러 가는지는 묻지 않았다. 엄마는 내 모습에서 이미 그 답을 읽은 것 같았다.

"늦어도 상관없는데 집으로 전화는 해줘. 이거 가지고 가. 오늘은 식당 쉬는 날이니까 없어도 돼."

엄마가 엄마 휴대전화를 내 바지 주머니에 넣어주었다.

정작 집 밖으로 나오자 슬슬 걱정이 되기 시작했다. 두려움도 밀려왔다. 여자아이들과의 이런 만남은 처음이다. 무슨 말을 해야 하고 어떤 표정을 지어야 하는지 막막했다.

막 놀이터를 지나면서 나는 내 눈을 의심했다. 나를 향해 손을 번쩍 드는 아이는 분명 강파랑이었다. 아차, 싶었다.

"여기에 오면 너를 만날 것 같았어. 못 만나도 할 수 없다고 생각하고 왔지만 말이야."

강파랑은 심각한 표정이었다. 못 만나도 할 수 없다고 생각하고 왔으면 그냥 돌아가 주면 안 될까, 지금 솔직한 내 심정이다.

"미안하지만 오늘 나랑 같이 거기 좀 가주라. 어차피 모른 척하고 지낼 사이는 아니잖아."

고민에 고민을 거듭해서 내린 결론이라는 걸 강파랑 얼굴이 말해줬다.

"어디에 있는지 알았다고 엄마한테, 아니 외할머니한테 말했어. 외할머니가 꼭 만나 보라고 그런다. 생각해보니 그게 맞는 것 같아."

이미 결심을 굳힌 것 같았다.

“저녁에 가야 만날 수 있잖아?”

약속이 있다는 말부터 해야 하는데 쉽게 그 말이 나오지 않았다.

“아니, 지금 가서 전화번호를 알아내서 만나자고 하려고. 일할 시간에 만나면 무슨 말을 하겠니?”

“…….”

“왜, 싫어?”

강파랑이 얼굴을 찡그렸다.

“사실은 약속 있거든.”

“무슨 약속?”

강파랑이 발끈했다.

“금요일까지 그런 말 없었잖아? 무슨 약속이냐고?”

꼬치꼬치 따지고 들기까지 했다. 금요일에 약속 있느냐고 물어본 적 없잖아. 물어봐야 대답을 하지. 너랑 나랑 허물없이 지내는 사이도 아닌데 묻지도 않는 말을 하냐. 잘못한 것도 없는데 괜히 가슴이 뛰었다.

“혹시 강주 만나니?”

하여간 눈치는 백단이다. 내가 대답을 못하자 강파랑은 눈을 있는 대로 치켜뜨고 노려봤다. 강파랑 입에서 금방이라도 ‘저질’이라는 말이 튀어나올 것 같았다.

“알았어. 가.”

강파랑은 입을 비틀며 말했다. 표정이 저질이라고 말하는 것보다 더 했다. 나와는 더 이상 말을 섞고 싶지 않다는 투다.

"가라고."

가라고 한다고 단번에 팽 돌아설 수 없어 미적거리는데 강파랑이 목소리를 높였다.

"여자아이들 만나는 거지?"

돌아서는 순간 강파랑의 말이 뒤통수에 꽂혔다. 온몸이 화끈 달아올랐다.

"나는 너를 믿고 할 말 안 할 말 다 했는데……."

어쩜 그럴 수가 있느냐는 원망이 가득 든 말투였다.

"나는 너를 믿었다고."

강파랑 목소리가 촉촉했다. 강파랑이 숨죽여 울었다. 갑자기 울컥하며 온몸이 얼어붙은 듯 꼼짝할 수 없었다.

지금 강파랑이 가지 말라고 잡는다면 나는 기꺼이 강파랑을 택할 수 있을 것 같았다. 설레는 경험을 내던져야 하고 티셔츠를 구하기 위해 쏟은 정성이 아깝기는 하지만 그래도 강파랑을 택할 수 있을 것 같다. 뭐, 강주가 가만있지 않겠지만 설마 죽이기야 하겠냐. 나는 '가지 마'라는 강파랑의 말을 기다렸다. 하지만 강파랑은 더 이상 말하지 않았다. 잠시 후에 뒤돌아보니 강파랑은 이미 저만큼 가고 있었다. 나는 강파랑이 모퉁이를 돌아서서 보이지 않을 때까지 꼼짝하지 않았다. 강파랑의 모습이 완전하게 사라진 후 나도 돌아섰다.

드르륵 드르륵.

그때 바지 주머니가 덜덜 떨렸다. 휴대전화 창에 집 번호가 떴다.

"여보세요."

"리바이, 리바이."

엄마였다.

"리바이, 빨리 집으로 와. 박생이, 박생이……."

엄마는 말을 끝맺지 못하고 울었다.

집으로 뛰어가는 짧은 시간에 여러 가지 생각들이 엉켰다. 요즘 박생을 볼 때마다 조마조마했었는데 드디어 일이 터졌구나. 그래, 예상했던 일이다. 어쩌면 박생이 죽을지도 모른다. 만약 그렇게 된다면 어떻게 되는 거지?

골목을 들어서자 엄마의 울부짖는 소리가 들렸다. 둥이의 울음소리도 들렸다. 박생은 정신을 잃고 쓰러져 있었다. 구부린 채 옆으로 비스듬히 누운 박생의 얼굴은 누렇다 못해 시커멓게 변해 있었다. 곧 구급차가 왔다.

"아부지 아부지."

둥이는 들것에 실려 나가는 박생에게 달려들었다. 둥이는 비키라는 구급대원에게 웃었다. 눈물을 질질 흘리면서 입을 함지박처럼 벌리고 웃었다.

응급실로 들어간 박생은 좀처럼 정신을 차리지 못했다. 링거를 세 개나 매단 박생은 이름도 생소한 검사들을 하기 시작했다. 침대에 누워 이곳저곳으로 끌려다니던 박생은 몇 시간이 지난 후에야 가까스로 정신을 차렸다. 박생은 힘겹게 눈을 뜨더니 바로 물부터 찾았다. 하지만 검사가 모두 끝날 때까지는 물을 마셔서는 안 된다고 했다. 박생은 허옇게 껍질이 일어난 입술에 침을 바르며 괴로워했다. 당장의 갈증은 정신까지 잃게 한 통증보다 더 고통스러워 보였다. 보다 못한 엄마가 간호사에게 사정사정해서 겨우 거즈에 물을 묻혀 입에 물려줘도 좋다는 허락을 받았다. 거즈를 입에 문 박생은 힘을 주어 거즈에 스민 물을 짜 먹으려고 했다. 말리는 엄마를 바라보는 박생의 눈에 눈물이 그렁거렸다.

간암.

박생의 병명이다.

연락을 받은 둥이 고모가 달려와 박생을 부둥켜안고 목 놓아 울었다. 둥이 고모는 첫 번째 년부터 두 번째, 세 번째 그리고 네 번째 년들에게 차례로 원망을 쏟아부었다. 박생이 몹쓸 병에 걸린 것은 모두 그년들 탓이란다. 법 따위가 없어도 살 수 있을 만큼 착하고 여린 박생이 그 모진 꼴 보고 제 마음을 어쩌지 못해 술독에 빠져 지내다 몹쓸 병에 걸린 거라며 컥컥 울었다. 웬수 같은 놈의 술을 만나게 한 건 웬수 같은 년들이라고.

"둥이는 자네 자식인 걸 잊지 마."

실컷 울고 난 둥이 고모가 엄마에게 말했다. 엄마는 긍정도 부정도 하지 않고 묵묵히 둥이 고모 말을 들었다.

"병든 서방하고 자식 버릴 만큼 모진 사람은 아니지?"

둥이 고모는 박생의 치료비에 보태 쓰라며 얼마간의 돈을 내놓고 돌아갔다.

참, 생각해보니 기가 막혔다. 엄마 인생은 뭐 이렇게 꽈배기 꼬이듯 배배 꼬이냐. 단 하루도 마음 놓고 웃어본 날이 없다.

엄마는 이리저리 주워들은 말을 밑천으로 복지사를 만나고 왔다. 불행 중 다행으로 간병인을 지원받을 수 있었다. 엄마는 간병인에게 박생을 맡기고 다시 식당일을 나갔다.

"우리 큰아들입니다."

내가 병원에 가면 박생은 간병인에게, 간호사에게, 의사에게 그리고 병실 사람들에게 비쩍 말라비틀어진 손을 흔들며 나를 소개했다. 그리고 병실 사람들에게 얻은 음료수를 잘 놔뒀다 꼭 나에게 건넸다. 그럴 때마다 알지 못할 책임감 같은 것이 내 가슴에서 슬쩍 고개를 들었다.

병원에 입원한 후 나에게는 더없이 살갑게 구는 박생이 둥이에게는 찬바람 몰아치듯 쌀쌀맞게 대했다.

"새끼야, 형 좀 귀찮게 굴지 마란 말이다. 형은 아빠나 마찬가지
라고."

박생은 가만히 있는 둥이에게 괜한 트집을 잡아 혼내기 일쑤였
다. 옆에 있으면 얼굴이 달아오를 정도로 박생의 억지인 경우가
많았다. 둥이는 그런 박생의 억지에도 웃고 또 웃었다.

박생이 수술을 받았다. 나는 둥이에게 박생이 받는 수술에 대해
설명했다. 무슨 말인지 제대로 알아듣지 못하는 둥이를 위해 몇
번이고 같은 말을 반복했다. 박생에 대해 둥이는 누구보다 정확하
게 알아야 한다는 생각에서였다. 둥이가 제대로 이해했는지 모르
지만 나는 최선을 다해 박생에 대해 설명했고 수술을 하던 날 둥
이는 학교에 가지 않았다. 누구의 강요도 아닌 둥이 스스로의 선
택이었다.

나는 한국으로 온 후 처음으로 웃지 않는 둥이를 봤다. 수술실
밖에서 두 손을 꼭 모아 쥔 둥이는 조금의 움직임도 없이 처음 자
세 그대로 앉아 있었다. 얼굴 표정을 봐서는 둥이가 어떤 생각을
하는지 알 수 없었다. 웃지만 않았지 자신의 속내를 드러내는 어
떤 표정도 없었다.

한 번 얼굴을 보이고 소식이 없었던 둥이 고모. 엄마는 수술 소
식을 둥이 고모에게 알렸지만 둥이 고모는 나타나지 않았다. 엄마

가 다시 한 번 둥이 고모에게 전화했지만 이번에는 전화를 받지 않았다. 박생이 산전수전 다 겪는 동안 짬짬이 둥이를 맡아줬던 둥이 고모. 그런 둥이 고모의 마음에 어떤 변화가 생겼을 거라는 느낌이 어렴풋이 들었다.

처음부터 큰 희망을 둔 수술은 아니었다. 암세포라는 놈들은 이미 진행될 만큼 진행되어 있었다. 수술 경과는 그다지 좋지 않았다. 최선을 다했다는 의사는 앞으로도 희망을 버리지 말고 최선을 다하자고 했다. 의사의 말에 엄마는 고개를 끄덕였고 옆에 있던 나도 덩달아 그랬다. 하지만 뭘 어떻게 최선을 다하자는 말인지 알 수 없었다. 엄마와 나의 행동 결과에 따라 암이라는 놈이 달라질 확률은 거의 없는데 어떻게 하는 것이 박생을 위한 최선일까.

박생이 수술을 마치고 병실로 복귀하자 둥이는 다시 웃었다. 옆 침대 보호자가 쥐어준 과자를 기어이 박생에게 먹이겠다고 고집이었다. 박생은 둥이에게 욕할 힘마저 남아 있지 않았다. 기운이라고는 티끌만큼도 남아 있지 않은 눈빛으로 둥이를 바라보기만 했다. 나는 둥이를 보는 그런 박생의 눈빛에서 말로 표현할 수 없는 어떤 기운을 느낄 수 있었다. 나는 박생의 눈빛을 보며 이상하게도 간절하게 미스터 박이 그리웠다. 역류하는 거센 물줄기를 피하듯 나는 그 생각을 떨쳐내느라 애먹었다.

단순 무식한 놈

똥박사가 병원으로 찾아왔다. 박생이 응급실로 실려온 그날부터 나는 단 하루도 학교에 가지 않았다. 병원에 가지 않는 날에는 온종일 집에서 빈둥거렸다.

"어떤 경우라도 학교 다니는 걸 포기하면 안 된다."

똥박사는 말했다. 듣는 상대에 따라 얼마나 합리적인 말인가. 공부를 포기하면 안 된다, 학업을 포기하며 안 된다도 아닌 학교 다니는 걸 포기하면 안 된다였다. 똥박사는 가방만 들고 왔다 갔다 해도 배울 게 있다는 학교의 중요성에 대해 일장연설을 늘어놨다. 참, 공부 못하는 놈에게 어울리는 그 멋진 말은 대체 누가 만들어 낸 거냐.

똥박사는 지금 내가 가지고 있는 고민 중에 가장 큰 것이 뭐냐고 물었다. 잠깐 생각하는 척하다 없다고 대답했다. 그것은 크고 작은 것으로 나눌 수 없었다.

만약 똥박사가

'고민 있지? 다 알고 있다, 말해봐.'

이렇게 물어줬다면 나는 그동안 내가 쌓아놓은 높은 성을 스스로 허물고 똥박사에게 손을 내밀었을 거다. 나는 지금 누군가에게 나의 모든 걸 꺼내놓고 싶을 만큼 힘들다. 내 앞에 닥칠 미래가 두렵고 무섭다. 박생이 죽으면 어떻게 해야 하나, 그 뒤에 어떤 일이 일어날까, 답답해서 숨이 콱콱 막힐 지경이다. 그중 하나의 두려움은 둥이다. 엄마에게 둥이를 완벽하게 떠맡기고 소식을 끊은 둥이 고모. 쉽게 나타날 것 같지 않다. 그러면 둥이는? 혼자서는 세상을 향해 한 발자국도 제대로 나갈 수 없는 둥이, 누군가가 둥이를 책임져야 하는데 엄마는 과연 둥이를 받아들일까.

그리고 또 다른 두려움 하나, 당장 엄마와 나는 어떻게 해야 하나. 필리핀으로 돌아가야 하나, 돌아가면 또 어떤 삶이 시작될까. 아, 정말 머리 터지겠다.

똥박사! 제발 내 손 좀 잡고 '모든 걸 다 알고 있으니 말해봐' 이렇게 말해주세요. 나는 이 순간 강파랑처럼 내 속을 드러내고 꾸들꾸들 말리고 싶어요. 내 햇볕이 되어주세요. 나는 진심으로 빌었다. 하지만 똥박사는 모든 걸 포기하지 말라는 추상적인 말을 남기고 돌아갔다.

나는 똥박사 말을 곱씹어보며 일단 학교는 포기하지 말자는 쪽으로 결론을 내렸다. 솔직히 말하면 나는 학교에 대해 절실함 같은 것은 없다. 어찌어찌해서 중학교를 졸업한다고 치자. 그것으로 내 인생이 과연 얼마나 달라질까. 하지만 학교라는 누에고치를 뚫고 밖으로 나갈 자신이 없다, 아직은. 박생이 죽는다면 그다음 일어날 일은 그때 생각하자.

참 오랜만에 학교에 갔다. 학교 가는 길이 낯설었다.

"와, 이게 누구냐?"

교실에 들어서자마자 강주가 두 팔을 번쩍 들었다.

"새끼. 집에 가도 없더니."

강주는 여전히 뼈 없는 해파리처럼 건들거렸다.

"미리 말이라도 해줬어야 할 것 아니야? 누구 엿 먹이냐?"

강주는 바지 주머니에 손을 찔러 넣고 내 주위를 뱅글뱅글 돌았다. 그러더니 팔목을 움켜잡고 복도로 끌고 나갔다.

"누구는 네가 좋아서 놀아준 줄 아냐? 그 계집애들 중에 약간 덜떨어지고 또라이 같은 애가 있어서 어쩔 수 없이 너를 끌어들였던 거지. 에이씨. 너 땜에 그날 내가 얼마나 열 받았는 줄 알아? 쪽

수 안 맞는다고 그 계집애 울고불고 난리치는 바람에 판 깨졌잖아, 새끼야. 내가 그 만남 주선한다고 얼마나 힘들었는데 판을 깨냐?"

강주는 그날 생각을 하면 지금도 열불 터진다는 듯 숨을 팍팍 내쉬며 손가락으로 내 머리를 톡톡 쳤다.

"뭐라고 말 좀 해봐, 새끼야."

오른손으로 톡톡, 왼손으로 톡톡. 열불 터질 만하다, 나도 그 정도는 이해한다. 지극정성을 들여 만난 여자아이들과 생각했던 것만큼의 결과를 얻지 못했으니 화날 만하다. 그것도 이해한다. 하지만 박자를 맞추듯 머리에서 손가락을 놀려대는 강주를 보자 참을 수가 없었다. 마치 강주의 장난감이 된 것 같은 느낌이다. 자존심 상했다. 나도 모르게 강주 손을 뿌리쳤다.

"아쭈. 쳤어? 어디서 굴러왔는지 말도 제대로 못하는 등신새끼."

강주 손바닥이 내 목덜미를 후려쳤다. 순간 눈앞에서 별이 우수수 쏟아졌다.

"더 덤벼봐, 이 새끼야."

강주 손이 다시 공중으로 올라갔다.

"야아."

나는 강주 턱을 향해 주먹을 날렸다. 나도 모르게 순식간에 일어난 일이다. 퍽! 소리와 함께 강주 턱이 오른쪽으로 돌아갔다.

"이 새끼가."

강주가 턱을 어루만지며 눈을 부릅떴다. 나 역시 눈을 매섭게 치켜뜨고 강주를 노려봤다.

이상했다. 픽! 소리가 나는 순간 나는 알지 못할 희열을 느꼈다. 나는 세상에 태어나 지금까지 누구와 싸운 적이 없다. 싸우기는커녕 누군가에게 덤벼든다는 상상조차 하지 못했다. 상상하는 것만으로도 무섭고 두려웠으니까. 그런데 내가 강주에게 주먹을 날리다니. 두려움 대신 가슴이 터질 것 같은 희열에 온몸이 파르르 떨렸다. 속이 시원하고 후련해졌다. 너무 후련해서 눈물이 찔끔 나왔다. 가슴 한쪽에 오랫동안 안고 다니던 뜨거운 불덩이 하나가 꼬리를 달고 빠져나간 기분이다.

강주가 무지막지하게 덤벼들었다. 나는 강주가 날리는 이단 옆차기에 나가떨어졌다. 그 틈에 학도가 내 팔을 뒤로 비틀어 잡았다. 강주의 발이 사정없이 나를 짓밟았다.

"우우우."

아이들이 주변으로 몰려들었다.

"새끼 눈에 뵈는 게 없나. 어디서 덤벼?"

강주가 뒷걸음으로 저만치 물러나서 달릴 자세를 잡았다. 제대로 한 대 치고 끝내겠다는 거다. 주먹을 불끈 쥐고 달리려는 강주 앞을 가로막은 건 강파랑이었다.

"저질에 비열한 것도 모자라 이제 폭력이냐? 오늘 사람 하나 죽이겠다?"

"아하, 강파랑. 그래, 리바이랑 여러 가지를 놓고 볼 때 아주 잘 어울리지."

"우우우."

아이들이 강주와 강파랑을 에워쌌다.

"저질. 생각하는 게 겨우 그거지? 나는 더 이상 말하고 싶지 않고 네가 계속해서 폭력을 쓴다면 똥박사를 부를 수밖에."

강파랑이 휴대전화를 높이 들었다. 둘러싼 아이들이 괴성을 질러댔지만 강파랑은 아랑곳하지 않았다. 결국 강주는 교실로 들어갔고 강주의 꼬리처럼 학도도 사라졌다.

"입술 터졌다. 보건실에 가라."

강파랑도 내게 그 말을 남기고 교실로 들어갔다. 됐다, 보건실은 무슨, 쪽팔리게. 나는 강주 턱을 날렸던 오른손을 슬며시 들었다. 아까의 그 희열과 통쾌함이 온몸에 퍼졌다. 죽도록 얻어터졌는데 이 기분, 괜찮다.

강파랑이 일러바치지 않았어도 똥박사가 모든 것을 알게 되었다. 찢어진 눈가와 팅팅 부어 불룩 튀어나온 입술을 감출 수는 없었다.

"우리 반에서 폭력이 일어났다니 이건 참으로 슬픈 일이다."

똥박사는 강주와 나를 상담실로 불렀다. 슬프고 애통하다는 똥

박사의 넋두리를 들으며 강주와 나는 똥물처럼 튀어나오는 똥박
사의 침으로 얼굴을 수백 번 헹구고 난 다음 장장 네 시간에 걸쳐
반성문을 작성했다. 강주는 똥박사 눈을 피해 반성문에 절대로 써
서는 안 될 것에 대해 말했다. 학도 집에 모여 비밀스러운 것을 본
것, 고등학생 여자아이들을 만났다는 것, 이런 것들이 써서는 안
될 것들이었다. 내가 아는 모든 단어와 어휘를 총동원해서 반성문
한 장을 겨우 채웠다. 주된 내용을 간략하게 정리하자면, 강주를
때려서 미안합니다, 이 정도였다.

"리바이."

상담실을 나오는데 똥박사가 불러 세웠다.

"오느라고 고생했다."

"예?"

똥박사 말을 얼른 알아들을 수 없었다.

"오느라고 고생했다고."

똥박사는 똑같은 말을 한 번 더 하고 교무실로 내려갔다. 오느
라고 고생했다고? 어딜? 학교? 뭐 학교에 오느라고 고생한 것은
별로 없는데. 몸을 흔들거리며 계단을 내려가는 똥박사의 뒷모습
을 바라보는데 기분이 이상했다. 학교에 온 것이 대단히 큰일을
한 것처럼 뿌듯해지기까지 했다.

오랜만에 학교에 와서 아침부터 가방을 멘 채 싸우고 네 시간은

똥박사 연설에 반성문 쓰는 데 보냈다. 그러다 보니 점심시간이었다.

급식을 받는데 코끝이 시큰해졌다. 조금의 과장도 섞지 않은 내 진심이다. 국과 반찬 네 가지. 이렇게 제대로 된 밥상을 언제 받아봤는지 기억도 아득하다. 역시 밥은 학교 급식이 최고다. 최상급 한우고기를 넣은 무국을 먹으며 나는 감동하고 말았다. 팅팅 부은 입술, 터진 잇몸에 따갑게 스며드는 소금기도 마냥 행복했다.

"새끼 단순 무식하기는. 저렇게 처맞고도 밥이 넘어갈까?"

강주 목소리다. 너도 밥을 고추장과 간장에 번갈아가며 이틀만 비벼먹어 봐라. 처맞고 먹어도 맛있다.

강파랑은 여전히 말이 없었다. 싸움 말려놓고 났으면 뭐라고 한마디는 해야 하는 거 아닌가.

궁금했다. 그 사람을 만났는지. 만났다면 그 사람의 반응은 어땠는지. 열여섯 살이나 먹은 여자아이가 어느 날 갑자기 나타나 딸이라고 하면 참 어이는 없겠다.

오랜만에 밥 같은 밥을 먹어서인지 졸음이 쏟아졌다. 그때 강파랑이 내 옆구리를 슬쩍 치며 제 공책을 내 앞으로 밀었다.

—학교 마치고 놀이터에서 잠깐 보자.

나머지 두 시간을 어떻게 보냈는지 모른다.

종례가 끝나자마자 바로 가방을 메고 일어났다.

"리바이는 나 좀 보고 가라."

그런데 똥박사가 불러 세웠다. 얼른 강파랑을 바라봤다. 강파랑이 눈을 한 번 끔벅했다. 먼저 가서 기다리겠다는 뜻 같았다.

나는 똥박사 앞에 얌전히 섰다.

"네 사물함 좀 봐라. 완전 쓰레기장이다. 오랜만에 학교에 왔으면 사물함 청소 좀 하고 가라."

가려는 사람 잡은 이유가 겨우 사물함 청소?

"주위를 정리정돈 잘 해놔야 뭐든 술술 풀리는 법이다. 이렇게 개판으로 해놓고 무슨 공부를 하겠냐?"

똥박사는 내 사물함을 열고 맨 구석에 있는 쓰레기까지 모조리 꺼냈다.

"학생의 사물함 속사정까지 다 알고 있으니 나도 참 대단한 선생 아니냐?"

그러게, 참 대단하긴 대단하다. 내 사물함을 대체 언제 열어본 거지?

휴지조각들을 꺼내고 걸레로 구석구석 말끔하게 닦아냈다.

"마음도 항상 그렇게 하고 살아라."

눈을 부릅뜨고 청소 상태를 지켜보던 똥박사가 말했다.

"예?"

"살다 보면 누구든 마음속은 그렇게 되지. 청소하기 전 네 사물함처럼 말이야. 하지만 그런 마음을 어떻게 처리하느냐에 따라 각자의 삶이 달라진단다. 나는 리바이 네가 정리를 잘하는 사람이 되었으면 좋겠다. 꺼낼 거는 꺼내고 버릴 거는 버리고 간직해야 할 것은 정리해서 간직하는. 봐라, 엉망진창이던 사물함이 이제 깨끗해진 것처럼 너도 달라질 거다.”

똥박사의 얼굴이 진지했다.

“수고했다. 그만 가 봐라.”

똥박사가 사물함 안을 천천히 살펴보며 흡족한 표정을 지었다.

“자식, 청소 제법 잘하는데? 나는 네가 언제나 무슨 일이든 제법 잘 해나가리라고 생각한다. 믿어.”

똥박사는 피식 웃었다. 믿는다는 그 말, 싫지 않았다.

전속력으로 놀이터를 향해 달렸다. 그네에 앉아 있는 강파랑을 멀리서 확인하는 순간 나는 안도의 숨을 내쉬었다.

“또 똥박사 연설 듣고 왔지?”

강파랑은 나를 보자마자 말했다.

“만날 똥물에 헹군다고 하고 연설하는 걸 취미로 삼는 똥박사지만 나는 똥박사가 그렇게 싫지는 않더라.”

그러더니 이런 말을 하나 더 얹는 거다.

“묘하게 사람을 끄는 마력이 있어, 똥박사 말이야.”

강파랑이 피식 웃으며 말했다. 나 역시 똥박사의 마력에 빠져드는 중이다.

"너네 아빠 많이 아프시니? 계속 결석하기에 궁금해서 똥박사 한테 물어보고 알았어."

"으응. 그냥, 뭐."

"걱정이 많겠다. 내가 뭐 도와줄 일 없어?"

갑자기 왜 이렇게 친한 척이지? 강주와의 약속 때문에 같이 선뜻 강파랑을 따라나서지 못했던 게 진심으로 미안해졌다. 물론 박생이 쓰러지는 바람에 어차피 같이 갈 수는 없었겠지만.

강파랑은 진심으로 걱정하는 얼굴이었다. 너무나 진지한 강파랑 모습에 나는 강파랑 손을 덥석 잡을 뻔했다. 강파랑에게 내 속을 모두 보이고 싶었다. 도와달라는 말은 아니다. 강파랑이 나에게 자신의 마음을 털어놓았을 때처럼 나도 지금 그렇다. 누구에게 주절주절 다 말하고 나면 속이라도 시원할 것 같았다. 짝에게 자신의 고민을 털어놓으라는 똥박사의 말이 지금 절실해졌다. 그리고 좀 전에 꺼낼 거는 꺼내라고 말하지 않았나. 하지만 나는 강파랑 손을 잡지 못했다. 내가 짊어질 몫을 남에게 나눠지게 한다는 것, 아직은 낯설고 불편하다.

"네가 결석한 동안 참 많은 일이 있었어."

거의 한 달이 다 되어가니 많은 일이 일어날 수도 있었겠다. 나는 강파랑에게 일어난 일들이 궁금해 강파랑 입을 뚫어져라 바라봤다. 그동안의 일을 금방이라도 와르르 쏟아낼 것 같았던 강파랑은 입을 다문 채 그네만 탔다.

"리바이, 너라면 어떻게 하겠니?"

한참 후에 강파랑이 입을 열었다. 차분한 목소리였다. 내 이름을 정확하게 말하는 걸 보면 마음도 차분하다는 증거다. 그런데 뭘 어떻게 해? 앞뒤 다 잘라먹고 가운데 토막만 내미는 버릇, 또 나왔군.

"나, 우리 엄마한테 아니, 우리 외할머니한테 완전 배신당했어."

차분하던 강파랑 목소리에 울림이 느껴졌다.

"생각해보면 참 이상한 일이었는데 나는 처음에는 그걸 전혀 이상하다고 생각하지 않았었단 말이야."

미치겠네. 무슨 말인지 제발 앞부터 얘기해라.

"이십 년이 다 되도록 소식 하나 없던 사람을 어느 날 갑자기 떡하니 찾아낸 거야."

그 사람 이야기였다. 정확하게 말하면 찾아낸 게 아니라 우연히 본 거지.

"그것도 외할머니의 친구가. 생각해봐라. 아무리 친한 친구라도 그렇지. 친구 딸의 남자친구 얼굴을 이십 년 가까이 기억하는 경우가 어디 흔하니? 그때 의심했어야 했어."

강파랑 얼굴이 분노에 찬 킹콩처럼 변했다.

"차암, 생각하면 할수록 기 막힌다. 어쩐지 만나 보라고 적극적으로 등 떠밀더라. 핏줄은 하늘이 알아보고 당겨주는 거래.”

그 사람을 만나 보라고 적극적으로 나선 사람이라면 외할머니네?

“우리 외할머니 시집간단다. 허.”

강파랑은 말꼬리에 바람 빠지는 소리를 달았다. 강파랑이 받은 충격과는 비교도 되지 않겠지만 나는 강파랑의 고백에 적잖이 충격을 먹었다. 도대체 외할머니 나이가 몇 살인데 시집을 가?

“미쳤지? 나이가 몇 살인데. 육십 살이야, 육십 살. 그 나이에 시집가서 무슨 부귀영화를 누릴 거라고.”

강파랑의 말은 이랬다. 외할아버지와 오래전 사별해서 혼자 살던 외할머니는 딸을 키우느라 그 좋은 시절 다 보내고 그다음은 딸이 낳은 강파랑을 키우느라 보내고. 그러다 보니 육십이었다. 모아 놓은 돈은 없고 나이는 점점 들어 힘도 없어지고. 어느 날 육십이라는 나이를 실감하는 순간 정신이 번쩍 들었단다. 청춘 바쳐 키운 딸은 제 자식 맡기고 나 몰라라 하고 남은 인생 막막하던 차에 외할머니 앞에 나타난 신사가 있었으니, 빵빵한 대기업에서 퇴직하고 제법 여유로운 삶을 살고 있는 홀아비였다. 그 신사는 강파랑 외할머니에게 청혼을 했는데 조건이 다 털어내고 빈 몸으로 들어오라는 거였다. 그 신사를 놓치면 남은 인생 막막한 강파랑의 외할머니, 고민에 고민을 거듭하다 내린 결론이 강파랑을 부모에게 보내자는 거였다. 시집간 강파랑 생모와 의논해도 삶은 호박에

이도 안 들어갈 소리였고 그다음 선택은 강파랑을 세상에 나오게
한 그 사람이었다. 온갖 정보 다 동원해서 그 사람의 소재를 파악
하고 머리 쓴 것이 친구를 이용하여 어디 어디서 봤다는 말을 흘
리게 하여 핏줄의 끈끈함을 자극하게 한 것이다. 강파랑은 외할머
니의 계략에 그대로 넘어갔고 아무 상관도 없는 나까지 폭염주의
보에 거리를 헤매고 다닌 것이다.

"그냥 나가라고 하면 내가 못 나간다고 버틸까 봐 그렇게 치사
한 방법을 쓰니? 에이그 나간다, 나가."

강파랑은 바로 앞에 외할머니가 있는 것처럼 말했다. 그래, 치사
하다. 차라리 사정이 이러이러하니 너는 어떻게 생각하니, 라고 의
논했다면 강파랑은 외할머니 편에 섰을 거다. 내가 강파랑에 대해
시시콜콜 다 알지는 못하지만 적어도 내가 겪어본 강파랑은 그런
아이다.

"그럼 그렇다고 말하지. 괜히 더운데 온 동네 샅샅이 뒤지게 만
들고 있어. 누굴 두더지로 아나."

그래, 나도 방금 그 생각 하고 있던 참이다.

"그런데 그 사람은…… 그 사람 만나 봤어?"

배신의 분노에 치를 떠는 강파랑에게 맞장구치면서도 내 관심
은 그쪽으로 쏠렸다. 계산해보면 그 사람 나이는 삼십대 후반이다.
분명 결혼을 했을 텐데, 하늘에서 뚝 떨어지듯 갑자기 나타난 딸

을 과연 어떻게 받아들였을까.

"아직."

강파랑 입술이 미세하게 떨렸다.

"너하고 같이 가려고 했다가 못 가고 그다음 날 가려고 했는데 말이야. 외할머니가 술 마시고 와서 그 엄청난 고백을 하는 바람에 못 만나 봤어. 아니, 솔직히 말하면 만나고 싶은 마음 싹 가셨어. 만약, 만약 말이야…… 그 사람이 나를 받아들이지 않는다면 나는 어떻게 되나, 할머니 고백을 듣고 나서는 그게 제일 걱정되는 거야."

강파랑은 발을 힘껏 굴러 그네를 탔다. 그렇게 한참 동안 강파랑은 그네만 탔다.

"여기가 펑 하고 터질 것 같았는데 너한테 다 말하고 나니까 좀 괜찮아졌다."

그네에서 내린 강파랑이 가슴을 톡톡 치며 웃었다. 조금 전보다 약간 밝아진 표정이었다.

"그럼 할머니 따라갈 거야?"

"내가 바보니? 나를 싫어하는 새할아버지 밑에서 눈칫밥 먹게?"

강파랑은 고개를 내둘렀다.

"그럼?"

"그냥 순순히 외할머니 말을 따르자니 억울하잖아. 속을 있는 대로 썩게 한 다음 집에서 나갈 거야. 내가 외할머니를 얼마나 좋아했는지 조금이라도 안다면 절대 그렇게는 못하지. 완전한 배신이야.”

강파랑이 아랫입술을 지그시 깨물었다. 강파랑이 충격적인 출생의 비밀을 알고도 의연하게 행동했던 것은 오로지 외할머니를 생각해서였던 걸 나는 알고 있다. 나도 아는 걸 강파랑 외할머니는 왜 모를까. 결국에는 집을 나갈 거라는 강파랑의 말이 내 가슴을 따끔거리게 했다.

“집을 나가게 되면 너한테 제일 먼저 알려줄게.”

강파랑은 손을 흔들며 돌아섰다.

강파랑, 누에고치를 뚫다

강파랑이 학교에 오지 않았다. 벌써 삼 일째다. 집을 나가게 되면 제일 먼저 알려주겠다고 했는데. 강주는 강파랑과 가까운 곳에 사니까, 강파랑 외할머니가 강주 엄마와 가깝게 지내니까 뭔가 알고 있을지도 모른다. 몇 번이나 강주에게 물어보고 싶은 걸 참았다.

종례를 마치고 교무실로 가는 똥박사를 줄레줄레 따라갔다.

"뭐냐?"

똥박사는 놀란 눈치였다. 부르지 않으면 절대 나서지 않고 시키지 않는 일은 할 줄도 모르는, 자발적으로 뭔가 하는 것을 보여준 적이 없는 내가 내 발로 똥박사를 따라가니 그럴 만도 하다. 나 스스로도 내 행동에 놀라고 있었다.

“아버지는 좀 어떠시냐?”

똥박사는 교무실 대신 상담실로 갔고 의자에 앉자마자 박생 안부부터 물었다.

“…….”

“차츰 좋아지시겠지. 희망을 잃지 마라.”

똥박사는 내 어깨를 힘껏 움켜잡았다.

“강파랑……..”

힘들게 강파랑 이름을 말했다.

“아하, 강파랑? 며칠 결석이라서 걱정이 되는 모양이구나. 전화해봤는데 무진장 아픈가 보더라. 개도 안 걸리는 여름감기로 죽을 고생을 하는 모양이다. 강파랑은 모든 면에서 강한 것 같은데 은근히 약한 면도 있어, 응? 자식, 다 나아서 학교에 오면 똥물에 한 번 쓰윽 헹궈내야겠다, 하하하.”

똥박사가 웃었다. 나는 똥박사의 웃는 모습을 보며 문득 둥이가 떠올랐다. 저 웃음이 묘하게 둥이의 웃음과 닮았다.

“강파랑도 너와 닮은 점이 있지. 좀처럼 자신의 이야기를 하지 않는다는 것. 너도 알고 있지? 자, 자. 강파랑은 툭툭 털고 일어나 곧 학교에 올 거다. 그깟 좀 아프다고 죽지는 않거든. 앓고 나면 더 강해지고 튼튼해지는 법이다. 바이러스에 대한 면역이 생기거든. 그러니까 걱정 말고 가라. 아, 아버지께 기운 내시라고 전해드리렴.”

똥박사는 먼저 일어나서 상담실을 나갔다.

감기로 죽는 것은 흔한 일이 아니지만 감기로 인한 합병증으로 죽는다는 말은 제법 들은 것 같다. 나는 걱정하지 말라는 똥박사의 말에도 강파랑을 걱정하고 있었다.

강파랑이 일주일째 결석을 하던 날, 나는 강파랑이 죽었을지도 모른다는 엉뚱한 생각을 했다. 그 생각은 꼬리에 꼬리를 물고 어쩌면 감기보다 더 지독한 아픔이 강파랑을 낭떠러지로 밀었을지도 모른다는 소름 돋는 생각으로 이어졌다. 그건 아닐 거라고 머리를 내저으면서도 불안했다. 하지만 다시 똥박사를 찾아갈 용기는 내지 못했다. 내가 불안해하고 있는 이것이 만약 똥박사 입에서 사실로 나온다면, 그걸 소화해낼 자신이 없었다.

박생은 점점 더 말라갔다. 수술 후 이어지는 항암치료는 박생을 까맣게 타들어가게 만들었다. 암세포와 박생의 싸움은 처절했다. 박생은 집에 가고 싶다고 했다. 햇볕도 들지 않는 반지하 방이 뭐 그리 애절하게 그립다고 집, 집, 집 타령이었다. 의사는 통원치료를 허락했다. 박생의 퇴원을 가장 기뻐하며 환영한 사람은 둥이었다. 그동안 먹지 않고 모아둔 과자를 박생에게 먹이고 싶어 안달이었다.

"형 말 잘 듣고 있었지? 형 말 잘 들어야 해."

박생은 이 말을 노래처럼 불렀다.

"저 약 빨리 팔아치워야 하는데. 유효기간이 지나면 약발이 안 듣거든. 그 전에 써야 100%야."

박생은 방 한쪽 구석에 고이 모셔놓은 바퀴벌레약을 보며 안타까워했다. 박생은 100%를 굳게 믿고 있었다. 대단한 자부심이었다.

제대로 먹지 못하는 박생은 팥빙수와 바나나 우유만 찾았다. 팥빙수도 제과점에서 파는 고급스러운 것이 아닌, 슈퍼 아이스크림 코너에서 파는 값싼 것이었다. 부드러움이라고는 전혀 없는 딱딱한 얼음 위에 몇 개의 팥알, 박생은 거기에 따라 나오는 플라스틱 작은 숟가락으로 잘 섞이지 않는 팥빙수를 힘겹게 섞었다. 그리고 아사삭, 천천히 얼음을 씹었다. 거친 팥빙수는 부드러움과 달콤함과는 거리가 멀었던 박생의 살아온 날과 닮았다. 엄마는 냉동실을 팥빙수로 채웠다.

하지만 박생은 냉동실의 팥빙수를 다 먹지도 못하고 응급실로 실려 갔다. 박생은 코에 산소호흡기를 꽂고 가슴에는 주렁주렁 호스를 달았다. 꼬박 하루를 사람 애간장을 녹인 박생은 겨우 위험한 고비를 넘겼다. 세상에 아픈 사람은 왜 그리 많은지 병실이 꽉 차 고비를 넘긴 후에도 박생은 병실로 올라가지 못하고 응급실에 누워 있어야 했다. 박생이 응급실에 있으면서 엄마는 식당을 그만두게 되었다. 엄마 말로는 병실이 나는 며칠 동안만 일을 쉬는 거라고 했지만 설거지하는 일이 무슨 전문직도 아니고 종업원의 사정에 따라 쉬고 말고 하는 식당은 없을 거다. 그러니 그만둔 게 맞다.

응급실은 24시간이 똑같은 곳이다. 낮과 밤의 구별이 없다. 대낮같이 환한 불빛에 수시로 들어오는 위급한 환자들. 그리고 세상에 작별을 고하는 사람들과 그를 보내며 울부짖는 사람들. 언제나 긴장 상태였고 환자든 보호자든 늘 깨어 있는 곳이다.

엄마에게 모든 걸 맡길 수는 없었다. 나는 학교를 잠시 쉬기로 했다. 병실이 나면 다시 간병인을 쓰면 되니 그때까지만 쉬는 거로 했다. 어쩌면 영영 학교와의 작별일 수도 있다는 생각, 그런 생각이 바닥에 깔려 있다는 거, 부인하지 않는다.

엄마와 나는 하루 세 차례 교대를 했다. 아침밥을 먹고 한 번, 점심 때 한 번 그리고 저녁밥을 먹고 나서 교대를 하면 그다음 날 아침까지.

워낙 말이 없는 엄마였다. 그런데 그 말수가 점점 더 줄어들고 있었다. 엄마는 말을 하는 대신 내 손을 잡아주거나 눈을 바라봤다.

박생이 응급실로 들어온 지 나흘이 지났다. 병실은 여전히 나지 않았고 어제가 오늘 같고 오늘이 내일 같은 응급실에 숨이 막혀갔다.

아침부터 폭우였다. 폭염이 가시나 싶더니 폭우다. 나는 물을 받으러 일층 로비로 올라갔다. 응급실 앞에도 정수기가 있지만 일부러 계단을 이용해 일층으로 갔다. 이 잠깐의 시간이 응급실 특유의 공기에서 해방되는 시간이다. 비는 무섭게 쏟아졌다. 세상을 한 꺼번에 쓸어갈 기세다. 문득 나도 어디론가, 내가 알지 못하는 곳으로 쓸려갔으면 좋겠다는 생각을 했다. 한참 그러고 있다 응급실로 내려왔다. 그런데 누군가 박생 침대 앞에 서 있었다. 엄마는 아니고, 올 사람이 없는데.

맙소사! 강파랑이었다. 비를 쫄딱 맞은 강파랑이 박생을 물끄러미 바라보며 서 있었다. 앞으로 축축 늘어진 젖은 머리, 멍하니 초점 없는 눈빛, 딱 귀신이라고 해도 믿겠다. 강파랑이 병원에 찾아온 것도 놀랍고 당황스럽지만 나를 더 당황스럽게 한 것은 강파랑에게서 나는 술 냄새였다.

"안녕."

강파랑은 나를 보자 손을 살짝 들고 인사했다. 참, 이 상황을 보고도 '안녕'이라고 말하고 싶을까. 박생이 나와 강파랑을 번갈아 봤다. 나는 강파랑 팔을 잡아끌고 복도로 나왔다. 강파랑 얼굴은 핼쑥했다. '죽지 않고 살아 있었네?' 하마터면 이렇게 말할 뻔했다.

"미안해. 너를 만나야 하는데 병원으로 오는 것 외에 다른 방법이 없잖아."

우욱. 강파랑이 숨을 푹푹 내쉴 때마다 진한 술 냄새가 진동했다. 마셔도 많이 마신 모양이다.

"새끼야."

강파랑이 갑자기 히죽 웃으며 내 정강이를 걷어찼다. 이건 뭐냐, 술주정하냐?

"나 떠난다. 제일 먼저 너한테 말해주기로 했잖니. 약속 지키러 왔다."

히죽 웃더니 이제 입을 삐죽거리며 울 기세다.

"어디로?"

겨우 나온 말이 이거였다. 대답 대신 강파랑 눈 가득 눈물이 그렁거렸다.

"아이씨."

강파랑은 팔뚝으로 눈을 마구 문질렀다. 그러더니 또 히죽 웃었다. 왜들 이러냐? 모두 둥이처럼 웃기로 작정들 했냐? 차라리 죽으라고 울면 위로라도 하겠다. 이건 뭐, 이러지도 저러지도 못하게 만드니.

"나, 그 인간 만났다."

그 인간?

"너한테는 집 나가면 된다고 큰소리 빵빵 쳤지만 사실 무섭고 두려웠어. 혼자 설 자신도 없었고 앞으로 엉망진창이 될 새로운 내 인생을 받아들이기도 무서웠고. 리바이. 나, 참 바보 같은 짓 했다. 치사하고 더러워서 절대로 그러고 싶지 않았는데 외할머니한테 시집갈 때 같이 가면 안 되냐고, 나도 데려가 달라고 매달린 거 있지.”

강파랑은 눈물을 꿀꺽 삼켰다. 가느다란 목에 힘줄이 섰다.

“외할머니는 안 된다, 된다, 대답 없이 며칠을 그냥 지내더라. 할머니의 대답을 기다리는 며칠이 나에게는 몇십 년 같았어. 너, 그런 거 알아?”

아니…… 잘 모르겠어.

“그러더니 마음대로 그 인간과 만나는 자리를 만들었어. 이제 이만큼 키웠으니 앞으로는 돈만 들이면 되는 나이니 그렇게 방해가 되지는 않을 거라고, 완전 떠맡기려고 했어.”

그 인간은 그 사람을 말하는 거구나.

“내 기분이 얼마나 더러웠는지 알아?”

강파랑은 마치 그날 그 자리에 있는 것처럼 온몸을 부르르 떨었다. 나는 강파랑의 기분을 헤아려주기에 앞서 그 사람의 반응이 궁금했다. 강파랑이 딸이라는 걸 들었을 때 그 사람의 반응. 내 가슴이 쿵쾅거리기 시작했다.

“그 인간, 완전 똥 씹은 얼굴이더라. 아니, 똥통에 빠졌다 나온 얼굴이라는 표현이 더 맞겠다. 내가 더 참을 수 없는 거는 그 인간 표정보다 그 인간이 나를 인정해줬으면 좋겠다고 바라는 내 마음이었어. 나는 진짜 치사하게 그걸 바라고 있었어.”

강파랑이 저렇게 팔팔 뛰는 걸 보면 그 사람이 강파랑의 존재를 부정했다는 말일 거다. 더 듣지 않아도 뻔하다.

"내가 태어나고 싶어서 태어났냐? 지들 마음대로 만들어놓고 나 몰라라 하면 나보고 어쩌라는 거야."

기어이 강파랑 뺨으로 눈물이 주르르 흘렀다.

"외할머니는 그 인간 만나고 와서 다 때려치우자며 술만 마시고 있다. 타고난 팔자가 더러운데 무슨 영화를 누릴 거냐고, 그깟 팔자 안 고치면 그만이라고 넋두리하며 밤낮으로 술타령이야. 리바이, 나는 왜 이럴까? 다른 애들은 이보다 작은 일에도 가출도 잘하는데 나는 왜 무섭냐?"

강파랑이 고개를 숙였다. 좁은 어깨가 흔들렸다.

아! 내가 강파랑에 대해 잘못 알고 있었던 게 있었다. 강파랑이 거짓말을 한 부분이다. 강파랑은 출생의 비밀을 알고 외할머니 때문에 참았다고 했었다. 그런데 알고 보니 아니었다. 강파랑은 나와 마찬가지로 누에고치를 뚫고 나가는 걸 두려워하고 있었다. 똥박사가 나와 강파랑이 닮은 점이 있다고 하더니 그 말이 딱 맞네.

"그럼 할머니 시집 안 가겠네?"

나는 말을 하면서도 내 스스로가 한심했다. 술 마시고 찾아온 아이에게 겨우 이런 말을 위로라고 하다니.

"아니, 가야지. 외할머니가 마음 편하게 시집가게 내가 만들어줘야지. 나, 떠날 거야. 가려고 마음먹었으니까 너한테 온 거 아니냐. 나 하나 없어지면 모두가 편해져. 좀 전에 언니 만나고 왔어. 마지막일지 모르니까 얼굴이나 보려고. 그런데 혹시나 형부 앞에서 모든 걸 다 까발릴까 봐 겁나 하더라. 인사 한마디도 못하고 용돈만 받아갖고 나왔다. 용돈이라고 말하기에는 엄청 큰돈이야. 히히히, 입 닥치고 있으라는 대가성이 있는 돈이겠지."

참, 미치겠다. 제발 그렇게 웃지 마라. 울고 싶으면 그냥 울라고.

"히히히."

강파랑은 울면서 웃고, 웃으면서 울었다. 미친 아이 같았다.

"웃지 좀 말라고."

참을 수가 없었다. 내 가슴이 폭발할 것 같았다. 내가 소리 지르자 강파랑이 눈을 동그랗게 떴다.

"도망칠 자신이 없으면 그냥 있어. 용기도 없으면서 어딜 간다고 그래. 그러지 말라고."

내 뺨으로 눈물이 흘렀다. 주위에 있던 사람들 눈이 모두 이쪽으로 쏠렸지만 아무렇지도 않았다.

"리바이."

강파랑은 내 이름을 부르고 뒷말을 잇지 못했다.

"씩씩하지 않으면서 씩씩한 척은 왜 해? 혼자 남는 게 무서우면 매달릴 데가 있으면 매달려. 치사하고 더럽다고 생각하지 말고."

“리바이, 너 말 잘한다.”

이 심각한 상황에서 강파랑이 한 말이다. 나도 지금 말을 하면서 내 자신에게 놀라고 있는 중이다.

강파랑은 눈물을 뚝 그쳤다. 웃지도 않았다. 한참을 허공만 바라보고 있었다.

“그런데 왜 지금까지 말을 못하는 것처럼 행동했어?”

그게 중요한 게 아니지.

“나 들어가 봐야 해.”

박생 옆을 너무 오랫동안 비운 것 같았다.

“아, 그래. 리바이, 이거.”

강파랑이 휴대전화를 불쑥 내밀었다.

“내 휴대전화인데 네가 가지고 있어.”

네 휴대전화를 왜 내가 가지고 있냐?

“그동안 내 말을 들어줘서 고마워. 네가 있어서 참 좋았어.”

“진짜 가출하려고? 갈 데도 없잖아?”

나는 강파랑이 내미는 휴대전화를 받지 않았다.

“세상이 이렇게 넓은데 갈 데가 없겠니? 리바이, 무섭고 두렵지만 말이야. 팔자타령을 하는 외할머니, 나를 부정하는 그 인간, 그리고 언니를 보면서 그 사람들 옆에 이대로 남아 있을 용기가 없어. 차라리 떠나는 게 더 쉬울 것 같아.”

강파랑은 내 손에 휴대전화를 쥐어주었다.

"하지만 언젠가는 다 받아들일 용기가 생길지도 몰라. 그때가 되면 너한테 제일 먼저 연락할게. 집 전화번호, 외할머니 번호, 언니 번호는 다 수신 거부 해놨어. 휴대전화가 너를 귀찮게 하지는 않을 거야."

강파랑은 손을 흔들어 보이며 돌아갔다. 강파랑이 간 다음에도 한참 술 냄새는 남아 있었다.

각자의 비밀

강파랑의 말대로 강파랑의 휴대전화는 나를 귀찮게 하지 않았다. 휴대전화는 먹통처럼 울리지 않았다. 문득 위치 추적이라는 말이 생각났다. 강파랑의 집에서 강파랑을 찾기 위해 가출신고를 하면 휴대전화 위치 추적을 할지 모른다. 그러면 곧 경찰과 함께 강파랑의 외할머니와 언니가 찾아올지도 모른다. 그 생각은 나를 긴장시켰다. 하지만 며칠이 지나도 그런 일은 일어나지 않았다. 나는 남기 위한 용기를 내기가 더 어렵다는 강파랑의 말을 뼛속 깊이 이해해가고 있었다. 정이라고는 티끌만큼도 없는 인간들!

엄마 얼굴이 점점 더 핼쑥해졌다. 남들이 엄마도 환자로 알 지경이었다. 제대로 먹지도, 잠자지도 않는 눈치였다. 그리고 뭔가 이상했다. 교대할 때가 되면 허겁지겁 땀범벅이 되어 달려올 때가 많았다. 집에서 온다면 그럴 리가 없다. 나는 가끔 내 눈을 피하는 엄마에게서 어떤 비밀의 기운을 느끼고 있었다. 대체 엄마에게 무슨 일이 일어나고 있는 걸까.

박생은 박생대로 이상한 행동을 했다. 휴대전화를 무슨 보물단지처럼 껴안고 있었다. 비쩍 말라가는 몸이었지만 정신은 더 말짱해지는지 온종일 휴대전화에서 눈을 떼지 않았다. 무슨 전화를 기다리기는 기다리는 모양인데 오지 않는 전화를 기다리는 박생이 불쌍할 정도였다.

수시로 박생의 패드를 갈아주어야 했다. 뼈만 앙상한 박생의 엉덩이를 들고 먹은 것 없어 찔끔거리는 적은 양의 대소변을 받아낼 때 박생은 나에게 미안하다고 말했다. 몸의 위치를 바꿀 때도 내 목에 팔을 걸고 매달려 미안하다고 했다. 나는 나에게 매달리는 박생을 보며 강파랑을 생각했다. 매달릴 용기가 없어 떠난 강파랑.

강파랑이 떠난 뒤, 가장 먼저 나를 찾아온 사람은 똥박사였다.

"파랑이가 너한테는 무슨 말을 했을 것 같아 왔다. 너희 둘, 어느 정도 고민을 털어놓는 사이였다는 거 알고 있다. 내가 전에 말했잖니. 훌륭한 친구는 선생님보다 훨씬 낫다고."

똥박사는 강파랑이 간 곳을 궁금해했다. 강파랑이 나간 이유는 알고 있는 눈치였다.

“어디로 갔는지 저도 잘 몰라요.”

“잘 생각해봐.”

아무리 생각해봐도 없다. 나는 고개를 흔들었다.

“너한테도 가는 곳을 밝히지 않았단 말이지?”

똥박사는 침통한 표정으로 한숨을 내쉬었다. 나는 강파랑이 휴대전화를 맡기고 갔다는 말을 했다. 할까 말까 망설이다 해버렸다. 똥박사의 표정으로 보아 강파랑 찾는 것을 쉽게 포기하지 않을 것 같았기 때문이다. 강파랑을 추적하다 보면 당연히 휴대전화가 튀어나올 테고 그때 가서 내가 휴대전화를 가지고 있다는 걸 똥박사가 알게 되면 배신감에 치를 떨게 뻔하다. 하지만 그 이유 외에도 사실 나도 강파랑이 어디로 사라졌는지 궁금했다. 또 걱정이 되기도 했다.

“강파랑 휴대전화를 제가 가지고 있다는 말, 강파랑 집에는 안 했으면 좋겠어요.”

나는 똥박사에게 부탁했다. 만약 강파랑 집에서 그걸 알게 되면 휴대전화를 빼앗아갈 게 뻔하다.

“너, 말 잘한다.”

대답 대신 똥박사가 감탄했다.

“자식, 말을 못하는 게 아니라 안 하고 있었고만.”

똥박사가 내 등을 세게 내리치며 웃었다. 얼마나 세게 쳤는지 눈물이 찔끔 나오게 아팠다. 고의가 아니었다는 거는 아는데 감정 상할 정도였다.

"발음도 좋다."

똥박사가 또 한쪽 손을 번쩍 쳐들었다. 나는 얼른 몸을 피했다.

"자식, 겁내기는."

똥박사가 등을 내리치는 대신 손을 내 어깨에 감쌌다.

나도 내가 이렇게 말을 잘하는 거 안 지 며칠 안 된다. 강파랑이 찾아온 날 처음 알았다. 션이 초등학교도 마치지 못하고 학교를 때려치울 때 나는 한국말을 잘하는 션이 부러웠다. 나도 션처럼 한국말을 잘하게 되면 배달 일을 할 거라는 막연한 계획을 세우기도 했다. 그런데 나는 한국말을 못하는 게 아니었다.

"알았다. 강파랑 집에서 알아내지 않는 한 파랑이 휴대전화를 네가 갖고 있다는 말은 비밀로 해줄게. 하지만 강파랑에게서 연락이 오면 나한테는 말해주어야 한다. 곧 방학이다. 방학이 끝나면 너도 강파랑도 학교에서 볼 수 있기를 진심으로 바란다."

말을 하는 똥박사 표정이 아까보다 밝았다. 강파랑의 휴대전화를 내가 갖고 있다는 것에 희망을 거는 눈치였다.

똥박사는 박생에게 끝까지 포기하지 않으면 꼭 좋은 일이 생길 거라고 말했다. 박생은 어린아이처럼 두 손을 앞으로 모으고 똥박사의 말을 들었다. 그리고 감사의 눈물을 흘렸다. 그저 하는 말 같은데도 똥박사의 말은 들으면 들을수록 깊이가 있다. 확실히 똥박사는 이상한 마력을 지녔다.

박생은 점점 더 휴대전화에 목숨을 걸었다. 잠들었을 때 혹시나 전화가 올까 봐 불안한지 휴대전화를 어깨 밑에 깔고 잤다.

나는 나대로 시간이 날 때마다 강파랑의 휴대전화를 노려보고 전화가 올까 봐 바지 주머니에 꼭 넣고 다녔다. 하지만 박생의 휴대전화도 강파랑의 휴대전화도 울리지 않았다.

엄마와 교대를 하고 집으로 가는 도중 그 사람에게 가보고 싶은 충동을 느꼈다. 이십여 년의 시간이 흐른 뒤 나타난 딸의 존재를 받아들인다는 것은 쉽지 않겠지. 하지만 일말의 책임감을 느낀다면 그래서는 안 되지.

막 교대를 하고 있었다. 아르바이트생이 그 사람에게 사장님이라고 불렀다. 사장이라면 적어도 경제적 여유는 있겠군.

그 사람은 예전에 봤던 것과 같았다. 산뜻한 머리 스타일에, 웃음 띤 얼굴. 반갑습니다, 라는 인사도 상큼하게 했다. 그 사람을 만나 뒤 강파랑은 달라졌는데 그 사람은 달라진 게 없어 보였다.

그 사람의 뒤통수를 한 대 후려치고 싶은 걸 간신히 참고 삼각김밥 하나를 사들고 나왔다. 저 사람 앞에 설 수 있는 용기가 생기면 돌아오겠다던 강파랑. 어쩐지 그날이 빨리 오지는 않을 것 같다.

이것저것, 생각하느라 천천히 걸었다.

"청바지 혀~엉."

계단 밖까지 둥이가 나와 있었다. 누가 없을 때면 절대 큰방에서 나오지 않던 둥이다. 한 번 입력된 것은 잊지 않는 둥인데 놀라웠다.

"여기까지 나와 있으면 어떻게 해?"

나도 모르게 화가 났다.

"청바지 혀~엉."

둥이가 내 품을 파고들었다. 그런데 가만. 둥이 얼굴이 이상했다. 한쪽 뺨이 불그스름하니, 분명 멍자국이었다.

"이거 왜 이래?"

"흐흥흥."

둥이가 울음을 터뜨렸다.

"학교에서 싸웠어?"

누구와 싸울 둥이가 아니라는 걸 알면서도 물었다. 둥이가 고개를 저었다.

"그럼, 누가 때렸어?"

"아아앙!"

둥이가 기다렸다는 듯 입을 크게 벌리고 울기 시작했다.

"누구야? 학교에서 그랬어?"

둥이가 또 고개를 저었다. 학교가 아니라는 말이다. 학교를 마치면 바로 셔틀버스를 타고 집으로 온다. 빵집 앞에서 내리면 집까지 몇 발자국 되지 않는다. 그사이 누구에게 맞을 일은 없다. 대체 무슨 일이람. 나는 엄마에게 전화를 했다.

"글쎄다, 내가 어디 좀 다녀오느라고 집에 안 들어가서 잘 모르겠다. 많이 다쳤어?"

엄마도 놀라는 눈치였다. 더 이상 말하지 않고 전화를 끊었다.

"많이 아프냐?"

둥이 얼굴을 쓰다듬었다. 둥이가 얼굴을 찡그리며 활짝 웃었다. 모두가 숨바꼭질을 하는 것 같다. 비밀 하나씩을 지니고. 둥이에게 술래를 시켜놓고 모두 숨기에 바쁜 것 같다.

약을 사러 가려는데 둥이가 자꾸 따라 나오겠다고 했다. 평소에는 볼 수 없는 행동이었다. 금방 다녀온다고 집에 있으라고 해도 막무가내였다. 어쩔 수 없이 둥이 손을 잡고 나왔다.

"저어기~ 저기에서 팍팍."

둥이가 큰길 쪽을 바라보며 손가락질을 했다. 그러면서 제 주먹으로 얼굴을 치는 시늉을 했다.

"저어기~ 청바지 혀엉 보려고 갔어. 아이들이 막 때렸어."

둥이는 주먹을 마구 휘둘렀다.

"큰길로 나갔단 말이야?"

"으응. 청바지 혀엉 안 와서."

둥이가 고개를 마구 끄덕였다. 이제야 어렴풋이 알 것 같았다. 둥이는 내가 집에 오는 시간을 알고 있던 거다. 시간이 지나도 오지 않으니까 찾아 나섰던 거다. 단 한 번도 이런 적은 없었는데. 집에 누가 오든 나가든, 상관하지 않고 제가 머릿속에 입력시킨 대로 행동하던 둥이었는데.

"그렇다고 밖에 나오면 어떻게 해? 나오면 안 된다고 했지?"

나는 눈을 부릅떴다. 둥이가 두 손을 모아 내밀며 싹싹 빌었다.

"너라도 좀 가만있어. 머리가 터질 것 같단 말이야."

싹싹 비는 둥이를 보니 더 속이 터졌다.

연고를 사서 둥이 뺨에 발라주고 라면을 끓여 먹였다.

"청바지 혀엉, 먹어."

둥이는 조금 전에 일어났던 일들은 모두 잊은 것 같았다. 라면한 젓가락을 집어 내 입에 넣어주었다. 그리고 박수를 치며 웃었다.

둥이는 잠들 때까지 내 손을 놓지 않았다. 모두 찾지 못할 곳으로 꽁꽁 숨어버리고 술래가 된 둥이는 불안한지 잠든 후에도 가끔 내 손을 더듬었다.

한국에 온 이유

박생은 금방이라도 숨이 멈출 듯 사람을 놀라게 한 뒤 언제 그런 일이 있었냐는 듯 멀쩡해지기를 반복했다. 그런 일을 몇 번 겪고 난 후 박생은 부쩍 둥이를 자주 찾았다. 어떤 날은 학교에도 보내지 않고 옆에 두기도 했다. 그렇다고 둥이에게 따뜻하게 대하지도 않았다.

"형 말은 하느님 말이나 마찬가지다. 알았냐? 리바이, 둥이가 네 말을 듣지 않으면 단단히 혼찌검을 내줘라."

박생은 괜히 가만있는 나까지 끌어넣으며 둥이를 야단쳤다.

"혹시 내가 정신을 잃었을 때 찾아온 사람 없던?"

박생은 또 누군가를 기다렸다. 나는 박생이 기다리는 사람이 둥이 고모일 거라는 막연한 생각을 했다.

그렇게 줄다리기를 하듯 박생은 하루하루를 힘들게 버텨냈다. 그 모습은 정말 눈물겨웠다. 똥박사라도 지금의 박생을 본다면 희망을 가지면 꼭 좋은 일이 있을 거라는 말은 못할 거다.

교대 시간이 아닌데도 엄마가 왔다. 엄마는 잠든 박생을 보자 나를 밖으로 불러냈다.

따갑던 햇살이 한풀 꺾였다. 계절은 거짓말을 하지 않는다더니 맞는 말이다. 나는 한층 높아진 하늘을 바라봤다. 곧 개학이다. 방학이 끝나면 학교에서 볼 수 있기를 바란다는 똥박사의 바람은 그저 바람으로 끝나게 생겼다. 엄마와 나는 응급실이 빤히 보이는 벤치에 앉았다. 응급실과 불과 50여 미터 떨어진 곳, 하지만 완전 딴 세상 같다.

"리바이, 힘들지?"

엄마가 내 손을 잡았다.

"힘들어도 참아줘서 고마워."

또 고맙다는 말이다. 그런 말 하지 않아도 상관없는데. 이렇게 되지 않았다면 더 좋았겠지만 어쩔 수 없다. 엄마는 한참을 말없이 하늘만 봤다.

"이제 좀 달라질 거야."

엄마가 나지막하게 말했다. 혼잣말인지 아니면 나에게 하는 말인지 헷갈렸다. 달라진다니, 뭐가? 혹시 박생의 죽음을 말하는 건가. 나도 날마다 박생을 보며 그날이 멀지 않았다는 걸 느끼고 있다. 박생이 죽으면 어떻게 달라질까…….

"이거."

엄마가 주머니를 뒤져 꼬깃꼬깃한 종이 한 장을 꺼내 내밀었다. 받아서 펼쳤다. 전화번호가 적혀 있었다.

"리바이, 너는 엄마가 왜 한국에 왔다고 생각하니?"

뜬금없는 질문이기도 했지만 내가 궁금해하는 부분이기도 했다.

"부끄럽지만 나도 처음에는 미스터 박이 한국 사람이기 때문에 만났어. 한국 사람을 만나면 가난에서 벗어날 수 있는 길이 열릴 거라고 믿었거든."

엄마는 힘겹게 말했다. 마치 대단한 고백을 하는 것처럼. 하지만 그건 나도 이미 알고 있는 사실이다. 복권을 사듯 그렇게 한국 남자를 만나는 거, 필리핀에서 수없이 봐왔으니까.

"리바이, 그게 너한테 참 미안해."

엄마 목소리에 울음이 섞였다. 미안해할 필요는 없는데. 축복을 받고 태어났든 그렇지 못하고 태어났든 그런 일로 고민하고 슬퍼하고 아파하지는 않는다. 어렸을 적부터 생명은 하나님이 주는 거라고 배워왔다.

"리바이. 너를 낳고 난 후 엄마는 미스터 박을 찾으려고 무진장 노력했어. 나 때문이 아니라 너 때문에. 필리핀에서조차 손가락질 을 받아야 하는 게 너무 가슴 아파서."

엄마가 가슴을 쳤다. 코피노! 필리핀에서 코피노는 '버림받은 아이들'의 대명사로 쓰인다.

"다른 사람들은 내가 미스터 박을 찾을 때 모두 불가능하다고 말했어."

이름도 모르고 성만 아는 사람을 찾는 거 불가능한 거 맞다. 한 국 인구가 오천만 명인데.

"하지만 필리핀에서는 불가능할지 모르지만 한국에 오면 찾을 수 있을 거라고 믿었어. 한국 어딘가에 살고 있는 거는 확실하잖아."

그때는 한국의 성씨 중에 박씨가 이렇게 많은 줄 몰랐었잖아.

"그래서 박생과 결혼한 거야. 한국에 오려고."

엄마가 소맷자락으로 흘러내리는 콧물을 닦았다.

"찾았어."

"예?"

"찾았다고, 미스터 박."

나는 벤치에서 벌떡 일어났다. 뭔가로 머리를 세게 맞은 것 같 다. 잠시 정신을 차릴 수 없을 만큼 어지러웠다.

"그 전화번호야."

나는 들고 있는 종이를 들여다봤다. 번호가 흐릿하게 보이며 세상이 빙빙 돌았다. 이러다 쓰러지면 어쩌나, 나는 내 정신을 잡으려고 안간힘을 썼다. 언제나 내 마음 한쪽에 담아두었던 미스터 박, 꽁꽁 숨겨두고 나 혼자만 슬쩍 꺼내보며 상상하고 궁금해하던 미스터 박. 나에게 미스터 박의 존재는 신기루 같았다. 있는 것 같기도 하고 없는 것 같기도 한 그런 존재였다.

"만나 봐."

"……."

"너에 대해 알고 있어."

"어떻게 찾았어요?"

어떤 방법으로 찾았든 그게 중요한 게 아니다. 나의 존재를 알고 미스터 박이 어떤 반응을 보였는지 그게 궁금했다. 그런데 내 속과는 다른 소심한 질문 같으니라고.

"필리핀에 있을 때 내가 한국 관광객이 많이 오는 호텔에서 일했잖니. 그때 만났던 사람들과 꾸준히 연락하고 있었어. 이리저리 알아봐서 필리핀 어학원에서 일했던 사람을 소개받았고 그 사람이 또 알아봐주고."

엄마는 한국으로 와야겠다고 결심하는 순간부터 철두철미하게 준비하고 있었다. 십칠 년 만의 긴 줄다리기에서 이룬 쾌거다.

"엄마는 만나 봤어요?"

“아니.”

엄마가 고개를 흔들었다.

“나는 안 만날래.”

엄마는 손까지 내저었다.

“미스터 박, 다른 여자와 결혼했어. 나하고는 필리핀에서 만난 일주일이 인연의 끝이야. 더 만날 필요 없어.”

“나는…… 나는 왜 만나야 해요?”

단 한 번도 얼굴을 맞대 본 적 없는 사람, 말 한마디도 나눠본 적 없는 사람, 엄마 없이 만난다는 것 상상할 수 없다.

“아버지잖아.”

엄마가 들릴 듯 말 듯 중얼거렸다. 아버지, 아버지…… 낯설다.

“전화해. 그 사람이 너에게 전화하는 것보다 네가 먼저 하는 게 나을 것 같아 그러겠다고 했어. 리바이, 너도 마음의 준비를 해야 하잖니. 전화할 마음이 되면 전화해. 되도록 빨리.”

“……..”

“응?”

엄마가 대답을 재촉했다. 나는 선뜻 대답할 수 없었다. 주머니 속에 든 강파랑의 휴대전화만 만지작거렸다. 계집애, 그냥 휴대전화를 가지고 갔더라면 얼마나 좋을까. 강파랑에게 내 이야기를 하고 싶어 미치겠다.

따르릉. 따르릉.

엄마의 휴대전화가 울렸다. 엄마는 발신번호를 확인하며 급하게 일어났다.

"잠깐 나갔다 올게. 금방 올 거야."

엄마는 두 팔을 휘휘 저으며 달려갔다.

벤치에 앉아 미스터 박의 전화번호를 노려봤다. 꼭 미스터 박과 얼굴을 마주 하고 있는 것 같았다. 잠깐은 화가 나기도 하고 또 반갑기도 하고 이상하고 야릇한 기분이었다.

"아, 박생."

그러다 정신이 번쩍 들었다. 박생 옆을 너무 오래 비웠다. 응급실로 뛰어가는데 괜히 가슴이 뛰었다.

박생은 새우처럼 구부리고 옆으로 누워 있었다. 나는 박생에게 다가가다 걸음을 멈췄다. 박생이 통화를 하고 있었다. 그렇게도 간절하게 기다리던 전화가 드디어 온 모양이다. 일부러 엿들으려고 그런 거는 절대 아니다. 박생이 통화를 끝낼 때까지 멀찌감치 서서 기다리려고 했다.

"으아악."

그런데 박생이 갑자기 소리를 지르는 거다. 물론 큰 소리는 아니었다. 박생은 큰 소리를 낼 만큼 힘이 남아 있지 않다. 박생은 단단히 화가 났는지 움직여지지 않는 몸을 이리저리 흔들어댔다. 그냥 두면 큰일이 날 것 같았다. 통화를 멈추게 하든지 박생을 달래든지 둘 중에 하나는 해야 할 것 같아 다가갔다.

"그래, 으으으. 자식새끼 모르겠다, 이거냐? 으으으."

박생은 울고 있었다. 박생의 목소리는 마를 대로 말라 물기라고는 남아 있지 않은 우물처럼 메마르고 갈라졌다.

"내가 죽으면 그 불쌍한 새끼 어쩌라고? 아무튼 병원으로 와라, 와서 얘기하자."

박생은 한마디 한마디 힘겹게 이어가며 애원했다.

"너 당장 안 오면 우리 누나한테 쫓아가라고 한다. 우리 누나 성질 알지? 확 뒤집기 전에 오는 게 좋을 거다."

박생은 연락을 끊어버린 둥이 고모를 내세워 협박까지 했다. 내용을 보아 둥이 엄마인 것 같다. 냉장고 고치는 사람과 눈이 맞아 도망간 후 완전하게 연락이 끊겼다는 둥이 엄마를 무슨 수로 찾아냈을까.

바닷가에 모래알처럼 많은 박씨들 중에 미스터 박을 찾아낸 엄마, 바람처럼 사라진 둥이 엄마를 찾아낸 박생. 희망을 버리지 않고 포기하지 않으면 이룰 수 있다는 똥박사의 말이 맞는 구석이 있구나.

"내가 오죽하면 너한테 이러겠냐? 멀쩡한 애면 이러지도 않는다, 제발."

박생은 협박으로도 안 먹히는지 다시 애원하기 시작했다.

"여보세요, 여보세요."

그러더니 전화기를 삼킬 것처럼 들이대며 여보세요를 외쳤다. 둥이 엄마가 끊어버린 모양이었다.

엄마와 교대를 하고 병원에서 나왔다. 공중전화마다 기웃거렸다. 미스터 박의 전화번호 열한 자리 숫자 중에 다섯 개를 누르기도 했다. 하지만 열한 자리 모두를 누를 용기는 생기지 않았다.

어학연수를 위해 잠깐 찾았던 이국, 그곳에서 일주일 동안의 만남. 기억에도 없는 일주일을 상기시키며 열일곱 살 먹은 아들이 있다는 말을 들었을 때 미스터 박은 어떤 기분이었을까. 나의 존재를 눈곱만큼의 의심 없이 받아들였을까.

나도 모르게 그 편의점으로 향했다. 컵라면을 사고 삼각김밥을 샀다. 컵라면에 뜨거운 물을 붓고 3분을 기다리며 그 사람을 살폈다. 아직도 그 사람에게 일어난 변화는 없다.

갑자기 두려워졌다. 미스터 박을 만난다면 미스터 박과 저기 카운터에 있는 사람과 다른 점이 있을까. 강파랑도 나처럼 저 사람에 대해 궁금해했고, 그래서 더운 날 편의점마다 찾아다닌 거다. 만나지 말아야겠다고 결심을 해놓고도 끝내는 만났고 도망칠 용기도 없던 아이가 더 큰 두려움 때문에 떠났다. 강파랑에게 일어난 일과 나에게 일어날 일, 다른 점이 있을까. 지금껏 누에고치를 뚫고 나올 용기를 내지 못하고 있는 나에게 더 두려운 일이 생긴다면 나도 강파랑처럼 떠나야 할지 모른다.

컵라면을 딱 두 젓가락 먹고 나왔다. 삼각김밥은 주머니에 넣어버렸다.

만나지 말자.

아무래도 그 편이 낫겠다.

만나야지.

횡단보도를 건너며 생각이 바뀌었다.

만나고 나서 후회할지도 몰라.

다시 생각이 바뀌었다. 집까지 오며 생각이 골백번도 더 왔다 갔다 했다.

"아씨~."

머리가 터지려고 한다.

삼각김밥을 본 둥이 입이 함지박만 해졌다.

"청바지 혀엉~ 먹어."

둥이는 제 입에 넣기 전에 나에게 먹이려고 했다.

"됐어, 너 먹어."

"혀엉, 먹어."

막무가내다. 먹는 편이 둘 다 편하다. 나는 둥이가 내민 삼각김밥을 한 입 베어 물었다. 둥이는 나머지 삼각김밥을 게 눈 감추듯 먹어치웠다.

"맛있다."

둥이가 혀로 입가를 핥았다.

찾아낸 첫 번째 여자

놀라운 일이 일어났다. 연락을 끊었던 둥이 고모가 나타난 것이다. 그것도 둥이 엄마와 함께였다. 얼굴이 벌겋게 달아오른 둥이 고모가 호리호리하니 힘도 못 쓰게 생긴 여자의 멱살을 잡고 나타났을 때 나는 그 여자가 둥이 엄마라는 걸 단박에 알 수 있었다.

"이 썩을 년 데리고 왔다. 제 자식도 모른 체하는 짐승만도 못한 인간 같으니라고."

둥이 고모 입에서 무지막지한 욕이 튀어나왔다.

"다 끝난 일이고 지난 일인데 왜 이러세요?"

둥이 엄마는 지지 않고 따지고 들었다.

"끝나기는 뭐가 끝나? 지난 일 좋아하네. 네 자식이 시퍼렇게 살아 있는데 그런 말이 나오냐, 응?"

둥이 고모는 두꺼비 같은 손으로 둥이 엄마 머리채를 낚아챘다. 둥이 엄마가 죽는 소리를 했다. 간호사가 달려오고 나서야 둥이 고모는 머리채를 놓아주었다.

"그런데 이 년을 어찌 찾았누? 꽁꽁 숨었을 텐데."

둥이 고모가 박생의 사람 찾는 능력에 감탄하며 놀라워했다. 나는 연락을 끊고 아예 전화를 받지 않던 둥이 고모에게 둥이 엄마를 잡아오라고 시킨 그 능력에 더 감탄했다.

"하긴 자식이 있는데 눈을 부릅뜨고 찾아야지."

둥이 고모는 말을 하며 둥이 엄마 머리를 한 대 쥐어박았다. 둥이 엄마가 눈을 갸름하니 뜨고 둥이 고모를 노려봤다.

"이년아. 그렇게 째려보면 어쩔래? 네 자식 죽어라 키워준 사람한테 그러면 죄 받어. 자식 버리고 가서 밥이 목구멍으로 넘어가든? 잠이 오든? 썩을 년."

둥이 고모가 주먹을 불끈 쥐어 올렸다.

"아무튼 찾았으니 다행이네. 진작 좀 찾아내지 그랬어. 앞으로 어떻게 해야 할지 조곤조곤 의논해."

둥이 고모는 이 말을 남기고 돌아갔다.

"아무 해결도 보지 않고 그냥 도망치면 알지?"

둥이 엄마에게 이렇게 협박하는 것도 잊지 않았다. 조곤조곤 의논하라고 그랬는데 박생과 둥이 엄마는 의논은커녕 한마디도 하지 않았다. 박생은 천장만 멍하니 바라보고 둥이 엄마는 손톱으로 침대 모서리만 박박 긁었다. 보고 있는 내가 답답해 미칠 지경이다.

"리바이. 밖에 나가 있을래?"

얼마 후 박생이 말했다.

"치. 다른 여자랑 결혼해서 살면 그 여자한테 맡기면 되는 거 아닌가?"

둥이 엄마가 나를 훑어보며 말했다.

"시끄럽다."

박생이 눈을 부라렸다.

응급실에서 나와 물 한 컵을 단숨에 들이켰다.

"리바이."

이런! 엄마였다. 아직 올 시간이 아닌데 하필이면 이때 나타났을까. 엄마는 박생이 쓸 패드와 휴지를 사들고 왔다.

"들어가지 마요."

나는 엄마 앞을 막아섰다.

"왜?"

엄마가 눈을 동그랗게 떴다.

"누구 와 있어요."

“누구?”

“……..”

“누구냐니까?”

엄마는 내 몸을 밀쳐냈다. 그러고는 내 대답을 들을 필요도 없다는 듯 성큼성큼 응급실로 들어갔다.

상상하지 못했던 풍경이다. 단 한 번도 이런 일은 상상해본 적도 없다. 박생이 누운 침대를 사이에 두고 마주 보고 선 엄마와 둥이 엄마.

“이 여자야? 이 여자한테 맡기면 되는 거지, 왜 나한테 이래? 내가 뭐 지금 혼자 살아? 나도 내 생활이 있는데 갑자기 이러면 어떻게 해?”

둥이 엄마가 먼저 말을 꺼냈다.

“둥이 친엄마예요?”

어리둥절해하던 엄마가 사태 파악을 했다.

“둥이를 데리고 가면 지금 같이 사는 사람이 받아줄 것 같아? 순리대로 살자고, 순리대로.”

둥이 엄마는 엄마 말에도 대답하지 않고 박생에게 말했다.

“네가 말하는 순리가 뭐냐? 자식 버리고 도망가고 그 자식 고아 되게 생겼는데 모르겠으니 내 배 째라, 하는 게 순리냐?”

“고아는 무슨 고아야? 저 여자 있잖아? 육 년이나 같이 살았다면서?”

둥이 엄마는 지지 않았다.

“죄송합니다. 여기서 이러시면 안 됩니다.”

간호사가 쫓아왔다.

“뭐예요? 둘이 그동안 연락하고 지냈던 거예요? 어디에 사는지 모른다더니 거짓말이었어요?”

잠자코 있던 엄마가 나섰다.

“연락은 무슨……. 나도 내가 있는 곳을 어떻게 알아냈는지 기가 차는고만.”

둥이 엄마는 툴툴거렸다.

“어디에 사는지 모르는데 어떻게 지금 나타나지요? 나 몰래 연락하고 지낸 거 맞네요.”

“이 여자 자꾸 무슨 소리 하는 거야? 내가 있는 곳 알았으면 여태껏 가만두었겠니?”

둥이 엄마가 팔짝 뛰었다.

“이러면 안 되죠. 나는 한국에 와서 고생 많이 했어요. 식당 다니고 돈 벌고 둥이 돌보고. 그런데 둘이 연락하고 지냈어요?”

“아이고 미치겠네.”

둥이 엄마가 주먹으로 가슴을 쾅쾅 두드렸다.

내가 보기에도 엄마의 억지였다. 그동안 겪어본 박생은 절대 그

럴 위인이 못 된다. 박생과 둥이 엄마는 할 말을 잃고 엄마를 바라
만 봤다.

"좋아요. 내가 나갈게요. 둘이 다시 살면 되겠네."

엄마는 분을 참지 못하겠다는 듯 울먹였다.

"무슨 말을 하는 거야? 오늘 내일 하는 사람이랑 다시 살기는
뭘 살아? 이 여자 좀 말려. 나한테 다 떠맡기겠다는 말 아니야?"

둥이 엄마가 펄펄 뛰었다. 간호사가 또 쫓아와 이곳에는 다른 환
자들도 있으니 제발 참아달라고 했다. 이것저것 다 떠나 쪽팔렸다.

"리바이."

엄마가 내 팔목을 잡아끌었다. 나는 엄마에게 끌려 밖으로 나왔다.

"리바이, 잘 들어. 만나는 거야, 빨리."

엄마는 또박또박 힘주어 말했다.

"미스터 박을 만나면 너는 한국에 남는 거야."

"엄마는?"

"둥이 엄마가 나타났으니 잘되었어."

엄마는 무슨 큰 결심을 하듯 아랫입술을 꾹 깨물었다. 내 짐작
이 맞는다면 엄마는 일부러 그랬던 거다. 둥이 엄마의 출연은 엄
마에게 다시없는 좋은 기회였던 거다. 엄마는 그 기회를 놓치지
않았다.

"들어와 봐. 얘기하자고."

둥이 엄마가 따라 나왔다.

"싫어요."

엄마는 들어가지 않겠다고 버텼다.

"둘이 만나고 있기는 뭘 만나. 다시 살기는 뭘 살아. 집 나간 뒤 한 번도 만나지 않았어. 오해야. 나를 어떻게 찾아냈는지 나도 알 수 없어. 병원으로 오지 않으면 우리 집을 뒤집어엎는다고 해서 온 거야."

둥이 엄마는 엄마를 설득하려고 했다. 그런데 왜 자꾸 반말이람. 엄마는 둥이 엄마가 하는 말을 듣는 둥 마는 둥 했다.

"나는 이대로 가면 그만이야, 그만이라고. 지금 둥이 아빠와 혼인신고 되어 있지? 그럼 당신이 둥이 엄마인 거야. 둥이하고 나하고 무슨 상관이람."

"둥이 낳았잖아요?"

"낳았어도 십사 년 전에 끝난 사이야. 아무 사이도 아니라고."

둥이 엄마는 뻔뻔했다. 십사 년이 아니라 백사십 년이 지나도 그 사이가 과연 끝나는 사이가 되는 걸까.

"가면 그만이라고요? 그럼 둥이 고모와 박생이 가만있지 않을 걸요."

엄마의 협박이다.

"뭐야?"

둥이 엄마가 가만히 엄마를 쏘아봤다.

"너, 일부러 트집 잡는 거지? 둥이가 귀찮으니까, 맡기 싫으니까 머리 쓰는 거지?"

엄마 의도를 알아챈 둥이 엄마는 숨을 내쉬고 들이쉬며 기막혀 했다.

"리바이, 너는 그만 집에 가."

엄마는 쏘아보는 둥이 엄마 눈을 똑바로 보며 말했다.

졸지에 공 같은 처지로 전락한 둥이. 그것도 서로 받지 않으려는 공.

병원에서 멀지 않은 곳에 공원이 있었다. 공원 벤치에 앉아 강파랑 휴대전화를 꺼냈다. 공이 되기 무서워 떠난 강파랑. 지금은 어디에서 뭘 하고 있을까. 나는 강파랑의 전화를 기다리며 언제나 배터리를 빵빵하게 채워놓는다.

강파랑의 휴대전화를 만지작거리다 미스터 박의 전화번호도 꺼냈다. 무의식중에 한 행동이었는데 전화번호를 보자 문득 번호를 눌러보고 싶었다. 나는 강파랑의 휴대전화를 꼭 움켜쥐었다. 숨 쉬는 게 갑자기 힘들어졌다. 온몸에 힘도 쏙 빠졌다.

한번 해봐.

받으면 뭐라고 할 건데?

정 겁나면 목소리만 듣고 그냥 끊으면 되잖아.

이상하게 생각하면?

세상에 잘못 오는 전화가 한두 통이냐?

두 마음이 싸웠다. 그래 한번 해보자. 결심하기까지 한참이 걸렸다.

그런데 젠장! 잠금장치가 되어 있었다. 겨우 용기를 냈는데. 강파랑 이 계집애, 진짜 도움 안 되네.

자라목 들어가듯 용기는 금세 사라졌다. 강파랑 휴대전화와 미스터 박 전화번호를 각각 다른 주머니에 넣고 일어났다.

둥이는 신이 나 있었다. 학교에서 쓰는 드럼 채를 들고 와 냄비와 국 대접을 엎어놓고 두드렸다.

쿵짝 쿵짝.

둥이는 리듬에 맞춰 허리를 돌리고 엉덩이를 흔들었다.

"청바지 혀엉도 해봐."

이마에 땀이 홍건하게 밴 둥이가 나에게 드럼 채를 내밀었다.

"됐어."

"해."

"됐다고."

"청바지 혀~엉~."

둥이는 물러서지 않았다. 어쩔 수 없이 드럼 채를 받아 들었다.

쨍!

냄비를 두드리자 그럴듯한 소리가 났다.

쨍! 쨍! 쨍!

아쭈, 제법 드럼 소리를 닮았다.

"히히히."

둥이가 냄비 뚜껑 소리에 맞춰 엉덩이를 좌우로 흔들었다.

쨍쨍쨍! 덜그럭덜그럭.

나는 둥이 엉덩이에 맞춰 냄비 뚜껑과 국 대접을 두드렸고 둥이는 내가 두드리는 소리에 맞춰 엉덩이를 흔들었다.

박생과 엄마, 둥이와 내 목소리 외에 다른 어떤 소리도 없었던 지하방에 처음으로 낯선 소리가 울렸다. 둥이와 나는 어느새 그 소리와 하나가 되어갔고, 그 소리는 원래부터 이 방의 구성원이었던 것처럼 자연스러워졌다.

"아아, 재밌어."

땀으로 흠뻑 젖은 둥이가 벌렁 누웠다.

"더 해."

나는 드럼 채로 둥이 엉덩이를 톡톡 쳤다. 둥이는 그래주기를 기다린 아이처럼 깔깔거리며 다시 일어났다. 그리고 아까보다 더 신나게 엉덩이를 흔들었다.

"이제 그만 하자."

결국에는 내가 먼저 나가떨어졌다. 둥이가 내 옆에 누워 깔깔거리더니 금세 잠이 들었다. 나는 잠든 둥이 얼굴을 바라봤다. 열네 살 제 나이에서 한참이나 뺀 나이로 사는 둥이. 둥이가 만약 제 나이의 생각을 찾는다면 지금 자신이 처한 이 상황을 어떻게 받아들일까. 문득 열네 살 온전하게 제 나이를 가진 둥이가 그리웠다. 만약 둥이가 그렇다면 나는 둥이와 함께 강파랑과 미스터 박에 대해 얘기할 수도 있을 텐데. 그러면 둥이는 둥이 엄마에 대해 얘기하겠지. 나는 이마로 흘러내린 둥이의 머리카락을 쓸어 넘겼다. 진짜 달게 잔다.

박생이 떠나는 날

전화하기로 마음먹었다. 어떤 사람인지 일단 만나보는 거다. 그 다음은 그때 생각해보기로 했다. 사람들의 발길이 제일 뜸한 공중 전화를 물색하고 만 원을 백 원짜리 동전으로 교환했다.

인기 폭발 아이돌의 최신식 노래가 신호음이었다. 나는 떨리는 가슴을 진정하려고 일부러 그 음악에 몸을 흔들었다. 생전 하지 않던 짓이다.

"여보세요."

"……."

"여보세요."

떨거덕.

공중전화가 동전을 삼키는 소리에 나도 모르게 가슴을 쓸어내렸다.

"여보세요, 말씀하세요."

굵지도 가늘지도 않은 목소리. 높지도 낮지도 않은 평범한 목소리 톤. 나는 심장을 있는 힘껏 눌렀다.

"혹시 리바이?"

정확하게 발음되는 내 이름.

"……예."

겨우 대답했다. 단 한 자의 그 대답은 내가 이제껏 살며 한 말 중에 가장 힘들었다.

"지금 어디냐? 여기는 천호동인데."

"……공중전……화."

무슨 대답이 이렇담. 이런 병신. 나는 헛발질하듯 엉뚱한 말을 하고 있는 내 자신이 한심했다. 미스터 박과의 첫 대화에서 이런 풍경, 전혀 상상하지 않았다.

미스터 박은 담담한 목소리로 한 번 만나고 싶다고 했다. '예'라고 대답한 것 같기도 하고 '좋아요'라고 대답한 것 같기도 하다. 만날 날짜와 장소는 다시 전화해서 정하기로 했다. 일단 엄마와 얘기해봐야 할 것 같았다.

"그래, 잘했어."

내 이야기를 들은 엄마는 금세 들뜬 얼굴이 되었다.

엄마는 미스터 박과 만날 때 입을 옷과 운동화를 사라고 돈을 주었다. 어안이 벙벙할 정도로 큰돈이었다. 대체 어느 정도 레벨의 옷과 운동화를 사야 하는지 경험이 없는 나로서는 황당했다.

"오늘은 병원에 오지 않아도 돼. 백화점으로 가."

엄마는 시간까지 넉넉하게 주었다.

"둥아. 오늘 학교 가지 말고 형이랑 같이 어디 갈까?"

나는 둥이를 학교 셔틀버스에 태우려고 데리고 나갔다가 갑작스레 떠오른 생각에 마음을 바꾸었다.

"형이랑 어디? 학교는?"

둥이는 함께 어디 가자는 말에 입을 헤벌쭉 벌리면서도 학교 걱정을 했다. 고지식한 놈 같으니라고.

"학교는 내일도 가고 모레도 가고 매일매일 갈 수 있어."

네가 형이라고 부르는 나와 어디에 가는 거는 오늘이 마지막일 수도 있다, 나는 이 말을 덧붙이려다 말았다. 셔틀버스를 타고 온 선생님에게 집안에 사정이 생겨 결석을 해야겠다고 말했다.

"청바지 혀엉이랑 어디 가요."

둥이가 옆에서 한마디 얹었다.

좋아서 팔딱거리는 둥이를 데리고 지하철을 탔다. 초등학교 때 가본 적이 있는 대공원에 가기로 마음먹었다. 둥이 녀석, 놀이기구를 태우면 얼마나 좋아할까. 둥이에게 새로운 세계를 보여준다는 생각에 나는 은근히 설렜다. 둥이는 지하철 안에서 벙실벙실 입을 다물지 못했다.

"와! 캄캄하다."

지하철 창밖을 보며 감탄에 감탄을 연발하는가 하면 유리에 제 모습을 비춰보며 깔깔거렸다.

평일, 대공원은 한산했다. 간혹 단체로 견학 온 유치원생들과 그림을 그리고 있는 학생들이 보일 뿐이었다. 엄마가 준 돈에서 반을 뚝 잘라 자유이용권을 사고 햄버거도 먹었다. 풍선을 보고 침 흘리는 둥이를 위해 토끼 모양의 풍선도 샀다. 그래, 기분이다. 둥아, 오늘은 네가 하고 싶은 대로 해라. 구경만 해보고 한 번도 먹어본 적 없는 탑처럼 쌓아올리는 아이스크림도 사먹었다.

옷과 운동화는 애초부터 사고 싶지 않았다. 새 옷에 새 운동화 신고 어린아이처럼 꾸미고 만나고 싶지 않다. 나는 열일곱 살, 이대로의 모습을 보여주고 싶다. 내가 지냈던 그대로의 모습을 미스터 박에게는 보여주고 싶다.

배를 빵빵하게 채운 뒤 맨 처음 선택은 목마였다. 서서히 먹은 것 소화도 시킬 겸 워밍업으로는 목마 타기가 최고다.

"아름다운 목마."

둥이는 내가 가르쳐준 목마라는 말 앞에 '아름다운'이라는 말을 넣었다. 우아하게 음악에 맞춰 도는 목마와 꽤 어울리는 말이다. 자식, 그런 말은 어디서 배웠을까. 조금씩 난이도를 높여갔다. 약간의 스릴을 즐길 수는 있지만 무섭다는 말은 나오지 않는 청룡열차, 그다음 하늘 자전거, 바이킹. 둥이는 모두 잘 적응했다. 나는 그런 둥이를 보며 최고의 선택을 하기로 했다. 하늘로 쭈욱 올라갔다 한순간 떨어져 내리는 보기에도 끔찍한 놀이기구를 탔다.

"으으하하하."

놀이기구가 공중으로 올라갈 때 둥이는 입을 벌리고 웃었다. 하지만 놀이기구가 공중에서 뚝 멈췄을 때 나는 나의 선택이 잘못되었다는 걸 알아챘다. 둥이 얼굴이 새파랗게 질린 것이다. 놀이기구가 아래를 향해 곤두박질치기 시작했다.

"으으아아아아."

나는 비명을 질렀다. 아~씨. 진짜 무섭다. 놀이기구가 완전히 멈춰서야 나는 둥이를 바라봤다. 둥이가 움직이지 않았다.

"둥이야, 둥이야."

나는 둥이 어깨를 잡고 흔들었다. 둥이는 정신을 차리지 못했다. 안전요원이 달려왔다. 안전요원이 등을 두드리고 내가 어깨를 흔들고 사람들이 모여들고, 누군가 119에 전화를 하고. 몇 분이 몇 시간 같았다. 둥이는 119가 도착하기 전 가까스로 눈을 떴다.

"우우욱."

둥이는 먹은 것을 모두 토해냈다. 제가 먹은 것, 많은 사람 앞에서 모조리 공개하고 난 뒤 약간의 휴식을 취한 둥이는 언제 그랬냐는 듯 멀쩡해졌다. 사람 놀라게 하기는. 간이 다 오므라드는 줄 알았다. 사실 큰돈을 준 엄마까지 원망하고 있었다.

"청바지 혀엉~ 재밌다."

둥이는 대공원을 나오며 말했다. 두 번만 재미있다가는 멀쩡한 사람 심장마비로 죽이겠다. 지하철을 타면서 자유이용권이 무지하게 아까웠다. 반도 못 탔는데, 괜히 자유이용권 끊었다.

물로 닦아내기는 했지만 둥이에게서 토한 냄새가 났다. 티셔츠에는 얼룩이 남았다. 나는 주머니 속에 손을 넣고 남은 돈을 만지작거렸다. 이 돈으로 둥이 옷을 사줄까? 아이고 참, 내가 왜 이러는지 모르겠다. 언제부터 살뜰한 형이었다고. 내 마음 나도 모르겠다.

내 어깨에 기대 잠이 들었던 둥이는 중간 중간 신음 소리를 냈다. 자식, 놀라기는 엄청 놀랐나 보다.

집에 도착하자마자 전화벨 소리가 요란하게 울렸다. 엄마였다.

"리바이. 돌아왔니? 둥이 학교에 가서 둥이 데리고 병원으로 와라."

엄마 목소리를 듣는 순간 나는 뭔가 심상치 않은 일이 일어났다는 걸 짐작했다. 건조한 엄마 목소리에서는 들들 끓는 쇳소리도

났다. 어떤 감정을 억누를 수 없을 때 내는 소리다. 또 박생이 정신을 잃고 위급한 상황이 된 걸까.

"빨리."

엄마는 이유는 말하지 않고 끊었다. 나는 서둘러 지쳐서 축축 늘어지는 둥이를 데리고 병원으로 갔다.

박생이 있던 자리에는 침대가 빠진 채 썰렁했다. 나는 자리를 잘못 찾은 것 같아 몇 번이나 주위를 두리번거렸다.

"아, 왔네? 엄마한테 전화 넣어봐."

나를 알아본 간호사가 말했다.

"몇 호예요?"

드디어 병실이 나서 올라간 걸까?

"글쎄다, 몇 호인지 잘 모르겠다. 장례식장은 맞은편 건물 지하인데."

간호사 턱이 입구를 향했다.

"장례식장……."

그다음 내가 무슨 말을 했는지 잘 모르겠다. 한참을 서서 간호사와 무슨 이야기를 나눈 것 같은데 나는 내가 무슨 말을 하고 있는지 간호사가 나에게 한 말은 무엇인지 도저히 모르겠다.

썰렁한 장례식장 2호실. 어쩔 줄 몰라 하는 엄마를 대신해 병원에서 모든 걸 알아서 했다. 검은 띠를 두른 박생 사진이 단 위에 오르고 향이 피워졌다. 언제 적 사진일까? 박생은 환하게 웃고 있었다. 육 년 전, 그보다 훨씬 전에 찍은 사진 같다. 내가 한국에 온 후 단 한 번도 박생이 저렇게 웃는 모습을 본 적이 없다. 언제나 술에 찌든 얼굴로 어떻게 하면 바퀴벌레약을 많이 팔 수 있을까, 걱정하던 박생. 결코 웃을 수 없었던 박생.

엄마와 나 그리고 둥이는 검은 옷을 입었다.

멀쩡하던 하늘에서 궁상맞게 비가 쏟아졌다. 강파랑이 어디론가 떠난다며 찾아왔던 그날처럼 폭우다. 둥이 고모는 어두워져서야 왔다.

"아이고, 아이고. 불쌍한 것."

복도로 들어서는 입구부터 둥이 고모는 목 놓아 울었다. 온 병원이 쩌렁쩌렁 울렸다. 둥이 고모는 박생 사진을 붙잡고 울고 둥이를 껴안고 울었다.

"해결은 보고 갔냐?"

실컷 울고 난 둥이 고모가 엄마에게 물었다.

"그 썩을 년하고 해결은 봤냐고?"

"아니오."

"왜?"

"또 도망갔어요. 전화번호도 바꾸고."

"아이고 저런 저런~ 죽일 년. 아이고 이 사람아, 이 사람아."

둥이 고모가 또 박생 사진을 붙잡고 아이고, 아이고를 노래처럼 부르며 울었다. 해결해야 할 것을 그저 두고 떠난 박생은 그런 둥이 고모를 보며 웃고만 있었다.

찾아온 사람이라고는 둥이의 담임선생님밖에 없었다. 단출하기 이를 데 없는 장례식이다. 찾아와 울어주는 사람이 없는 대신 삼일 내내 비가 내렸다.

의외로 둥이가 잠잠했다. 주면 먹고 자라면 잤다. 박생 사진을 보고도 '아부지' 하고 달려들지 않았고 어떤 것에도 궁금해하지 않았으며 웃지도 않았다.

"아이고 이놈의 자식이 제 아버지 가는 걸 알고 이 순간만큼은 제정신이 돌아왔나 보다."

둥이 고모가 이렇게 말할 정도였다.

하지만 입관식을 할 때 둥이는 달라졌다. 돼지수육을 한 점 들고 들어와 박생에게 먹이겠다고 난리를 쳤다.

"아부지, 먹어 먹어."

둥이는 꼼짝도 하지 않는 박생 입 앞에 수육을 대고 흔들었다.

"이놈아, 제발 그러지 말어. 올바른 정신으로 네 아버지 보내줘."

둥이 고모가 둥이를 부둥켜안고 대성통곡을 했다.

"아부지, 먹어."

그러면 그럴수록 둥이는 몸을 있는 대로 뻗대며 소리쳤다. 다른 날보다도 더 고집이었다.

"그래. 네 아버지 가는 길에 배고프지는 않겠다."

결국 둥이 고모는 두 손 들고 물러섰다. 둥이는 필사적으로 박생에게 수육을 먹이려 했지만 박생은 둥이 손에 수육을 그대로 둔 채 관에 들어갔다. 나는 진심으로 바랐다. 박생의 영혼이 있다면 둥이가 저렇게 애타게 먹이려고 했던 수육은 꼭 먹고 가기를.

박생은 화장을 했고 박생이 태어났다는 시골 언덕에 뿌려졌다.

"저와 리바이는 떠날 거예요."

장례식이 끝난 다음 엄마가 둥이 고모에게 건넨 첫말이었다.

"뭐야, 그걸 말이라고 해? 그럼 둥이는? 둥이는 어쩌라고?"

둥이 고모는 펄펄 뛰었다. 그렇게 하면 가만있지 않을 거라는 협박부터 천벌을 받는다는 으름장까지. 하지만 엄마는 끄덕도 하지 않았다.

"냉정하게 생각하자고. 새끼를 낳아놓고 모르는 척하는 그년을 찾아야지. 같이 그년을 찾아야지. 나 혼자 어쩌라고 그러나."

둥이 고모는 꼬리를 내리고 엄마를 설득했다.

어쩔 수 없는 선택이라고?

박생의 장례식을 치르고 나흘이 지났다. 좁은 지하방이지만 박생이 빠지자 휑하니 넓어 보였다. 방 한쪽에 얌전히 놓인 바퀴벌레약이 눈에 들어왔다. 주인을 잃은 바퀴벌레약을 보자 콧날이 시큰해졌다.

강파랑의 휴대전화가 드디어 울렸다. 아~씨 기대했는데, 똥박사였다.

"병원에 갔었다. 연락이나 해주지 그랬냐? 리바이, 괜찮냐?"

싫다고 그러는데도 똥박사는 굳이 집까지 찾아왔다. 내 처지 어떤지 다 알고, 내가 사는 형편 대충 눈치 긁었을 똥박사이지만 있는 그대로 보여주는 것, 싫고 쪽팔렸다.

"리바이. 알고 있지? 어떠한 경우라도 포기하지 않는 것."

똥박사의 연설이 시작되었다. 뻔하고 뻔해서 이제는 외울 수 있게 된 똥박사의 연설. 그런데 왜 눈물이 나냐?

"강파랑 있는 곳을 알아냈다."

똥박사가 연설을 마치고 말했다.

"예?"

역시 대단한 똥박사다.

"어디 있다고 그래요?"

"너도 알고 있을 거다. 삼학년에 올라오자마자 전학 간 김호미."

김호미? 심한 곱슬머리에 피부가 검어 '어두침침한 밤소녀'로 불렸던 그 김호미? 온 가족이 시골로 내려간다는 말을 듣고 호미라는 이름과 가는 곳이 잘 어울린다며 모두 웃었었지.

"강파랑과 김호미는 초등학교 때부터 절친이었다. 강파랑이 도도하고 까칠해 보여도 속이 깊고 정이 많은 아이지. 초등학교 때 따돌림 당하는 김호미를 잘 챙겨주며 친하게 지냈지."

"강파랑이 김호미 집에 갔나요?"

"그래. 첩첩산중 시골에 들어가서 김호미와 함께 밭 매고 있더라, 하하하."

정말 다행이다. 똥박사 말을 들으며 나는 가슴 중간에 꽉 막혀 있던 무언가가 쑥 내려가는 느낌을 받았다.

"돌아온대요?"

"아니, 당장은 아니야. 하지만 언젠가는 돌아오겠지. 돌아오게 된다면 제일 먼저 리바이, 너에게 연락할 거라고 전해달라더라."

"잘 있어요?"

괜히 눈물이 쑥 나왔다.

"하하하, 그래. 밭 매고 닭 키우며 잘 있더라. 리바이, 강파랑은 부쩍 커서 돌아올 거다. 죽을 만큼 아픈 열병은 사람을 크게 만드는 법이거든. 강파랑은 자신의 삶을 자신만의 모양으로 만들 수 있는 자신감을 갖고 돌아올 거란 말이다."

똥박사의 눈빛은 말만큼이나 진지했다.

"이 세상에 자신의 선택으로 태어나는 사람은 단 한 명도 없다. 어디서 어떤 환경에서 자신이 태어날지 아무도 모른다는 말이다. 아주 공평하지. 그런데 왜 이렇게 나만 다르냐고 잣대를 들이대는 경우가 있지. 그건 몰라서 그러는 거야. 삶은 자신이 만드는 모양에 따라 달라져. 네모의 틀에 넣으면 네모가 되고 세모의 틀에 넣으면 세모가 되겠지. 그 틀은 너희들이 만드는 거다. 어느 누구나에게 똑같이 틀을 만들 수 있는 권리가 주어졌지. 강파랑이나 너나 이제 시작이다. 앞으로 너희들 삶은 너희가 만들어간다는 말이다. 누구의 뜻도 아닌 너희 뜻대로. 나는 강파랑과 네가 스스로에게 주어진 이 권리를 던져버리는 똥물에 헹굴 멍청한 놈들이라고 생각하지 않는다.”

좋은 말 같기는 한데 어렵다. 나는 똥박사가 돌아간 뒤에 똥박사가 한 말을 소가 되새김질하듯 하나씩 꺼내 퍼즐을 맞춰나갔다. 똥박사 말을 이해하는 데는 한참이나 걸렸다. 그것도 완벽하게는 아니다. 하지만 똥박사가 나에게 전하려고 한 핵심은 파악할 수 있었다.

강파랑 소식을 듣게 되어 마음이 한결 가벼워졌다. 나는 더 이상 강파랑 휴대전화를 노려보지 않았다. 천천히 서두르지 말고 강파랑의 전화를 기다리기로 했다. 비록 자신의 뜻은 아니었지만 누에고치를 뚫고 나간 강파랑, 강파랑은 지금 하늘을 힘차게 날아오르기 위해 날갯짓을 배우고 있는 거다. 똥박사의 말대로 부쩍 자라서 돌아올 거다.

엄마와 둥이 고모의 줄다리기가 서서히 끝나갔다. 처음에는 둥이의 보호를 두고 서로 적군이었던 둥이 고모와 엄마는 어느 순간 아군이 되어 둥이 엄마를 찾아다녔다. 하지만 이번에는 쉽게 잡힐 둥이 엄마가 아니었다. 서로 둥이를 맡지 않겠다는 일념으로 눈에 불을 켜고 둥이 엄마를 찾아나선 지 얼마가 지나도 별 소득이 없자 둥이 고모와 엄마는 다시 적군이 되었다.

둥이 고모는 엄마를 이기지 못했다. 어느 면으로 봐도 둥이는 엄마보다는 둥이 고모 쪽에 가까웠다. 피 한 방울도 섞이지 않은, 말도 다르고 문화도 다른 이방인. 단지 박생과 육 년을 함께 살았다는 것 외에 아무런 끈도 없는 엄마가 같은 핏줄인 둥이 고모와 견줄 게 못 되었다.

"그래. 가라, 가. 이 썩을 년들. 아이고, 그놈이 복도 지지리 없어서 만나는 년들마다 이 꼬라지들이다."

둥이 고모는 첫 번째 년부터 네 번째 년까지 거품을 물며 욕을 해댔다. 거기에 다섯 번째로 엄마까지 끼었다.

"나도 이제 기운 없다. 젊었을 때는 젊은 힘으로 둥이를 키워냈고 언젠가는 지 아버지가 데리고 갈 놈이니 부담 없이 키웠다. 하지만 이제는 내 몸도 귀찮고 저놈을 평생 책임질 기운도 없다. 그냥 시설로 보내자. 그게 나을 것 같다."

둥이 고모가 내린 결론이었다.

엄마와 둥이 고모는 또 아군이 되어 복지관을 통해 둥이가 갈 시설을 알아보고 다녔다. 둥이라는 무거운 짐에서 해방되어서일까. 그런 결정이 난 후 엄마와 둥이 고모는 마주 앉아 밥도 먹고 쓸데없는 드라마 이야기를 하기도 했다.

"다 둥이 지 팔자지 뭐."

둥이 고모는 모든 걸 체념했고,

"저도 어쩔 수 없어서 그래요. 아시죠?"

엄마는 이렇게 미안해했다.

둥이는 시외에 있는 어느 시설로 가게 되었다. 시외버스를 타고 두 시간 정도 걸리는 곳이라고 했다.

"자네가 데려다줘. 나는 눈물이 나서 못 가겠네."

둥이 고모는 엄마에게 부탁했고 엄마는 선뜻 그 부탁을 받아들였다. 둥이가 가는 날이 정해진 뒤 나는 지난번 엄마가 준 돈에서 남은 돈으로 둥이 티셔츠와 운동화를 샀다. 비싼 것은 아니었지만 나는 둥이에게 어울릴 만한 티셔츠와 운동화를 온 맘을 다해 골랐다.

"청바지 혀엉~ 멋있다."

둥이는 거울 앞에 서서 연신 벙싯거렸다. 저놈의 청바지 형이라는 소리. 처음에는 진짜 듣기 싫었다. 그러다 자꾸 들으면서 그러려니 했고 어느새 정이 들어버렸는데 이제 다시는 듣지 못할 이름이다.

둥이가 시설로 떠나기 전날 저녁, 엄마는 거하게 상을 차렸다.

"둥이 이거 좋아하지?"

엄마는 둥이 밥숟가락 위에 다정하게 반찬을 올려주었다. 처음으로 떡 벌어진 상을 받은 둥이 눈이 휘둥그레졌다.

"먹어 먹어."

둥이는 제가 먹기 전에 엄마 입에 반찬을 넣어주었다.

최후의 만찬! 예수님은 최후의 만찬인 줄 알았고 제자들은 몰랐다. 엄마와 나는 둥이와 마지막으로 함께하는 밥상인 줄 알고 있고 둥이는 모르고 있다. 이 마지막 밥상을 감히 예수님의 그것에 비유해 미화하고 싶은 마음은 없다. 다만 그때 예수님이 어떤 마음이었을지 이해한다는 거다. 나는 단 한 숟가락의 밥도 넘길 수 없었다. 마지막이라는 단어가 내 목에 커다란 가시처럼 걸려 꿈쩍하지 않았다.

둥이는 내가 사준 티셔츠를 입고 운동화를 신었다. 자식, 몸에 딱 달라붙는 티셔츠를 입으니까 열네 살, 그 나이티가 난다.

둥이는 제 짐에 바퀴벌레약 두 통을 집어넣었다. 둥이가 왜 그런 행동을 했는지 모르겠다. 그 모습을 보고 엄마가 눈물을 찍어냈다. 둥이 앞에서는 무덤덤하고 냉정한 표정을 잃지 않았던 엄마. 그런 엄마가 눈물을 보였다. 바퀴벌레약을 보자 박생이 생각난 걸까. 돈 없고 빽 없고 인물 없고 가진 거라고는 스무 살이나 많은 나이뿐, 어느 한구석 엄마 마음에 들지 않았던 박생. 하지만 육 년을 함께 살았고 그동안 미운 정 고운 정도 들었을 테니 바퀴벌레약을 보는 순간 바퀴벌레약이 든 가방을 힘겹게 끌고 다니던 박생 생각에 뭉클해질 수도 있겠지. 아니면 졸지에 아버지를 잃은 둥이를 시설에 보내면서 양심의 가책을 느껴 그러는 것일 수도 있겠다.

이른 아침 시외버스를 탔다. 가을은 한 발 성큼 다가왔다. 하늘은 높고 들판은 익어가기 시작했다. 둥이는 창에 두 손을 붙이고 낯선 여행을 신나 했다.

"청바지 혀엉, 나무!"

"청바지 혀엉, 새!"

둥이는 쉴 새 없이 손가락질을 했고 여행을 즐겼다. 나는 아직까지도 마지막이라는 가시가 빠지지 않아 불편하고 따끔거리는 목을 큼큼거리며 둥이를 지켜봤다.

둥이가 지낼 곳은 괜찮았다. 깨끗하고 넓었다. 보기만 해도 속이 트이는 들판이 바로 앞에 있어 더 좋았다.

"와!"

둥이는 눈을 감고 운동장을 뱅글뱅글 돌았다. 둥이는 가을 하늘 아래에서 맴도는 한 마리 고추잠자리 같았다.

"지금 얼른 가자."

둥이가 그러는 사이 모든 절차를 마친 엄마가 내 손을 잡았다.

"잠깐."

"어서 가자니까."

이러고저러고 할 사이도 없이 나는 엄마에게 끌려 나왔다. 엄마는 죄짓고 도망치는 사람처럼 허둥거렸다.

이게 뭐야, 이건 아니잖아!

나는 멀어지는 둥이의 모습을 놓치지 않으려고 눈을 부릅떴다.

나풀나풀! 둥이는 여전히 두 팔을 펄럭이며 운동장 가운데를 맴돌고 있었다.

"엄마, 왜 이래요?"

"리바이, 어쩔 수 없어."

어쩔 수 없기는 뭘! 화가 났다. 참을 수 없을 만큼, 내 몸이 금방이라도 폭발할 것 같았다.

"얼굴 보고 헤어지면 더 힘들어."

엄마는 담담했다.

물론 더 힘들 수도 있겠지. 하지만 이건 아니잖아. 둥이는 아무것도 모르잖아. 손을 잡고 사정을 말해주어야 옳잖아. 뱅글뱅글 돌다 우뚝 멈췄을 때, 휑하니 빈 운동장을 보며 둥이는 얼마나 놀랄까. 낯선 곳에 혼자 남았다는 걸 알아챘을 때 얼마나 당황할까.

나는 버스를 타고 오는 내내 둥이가 받을 상처에 마음이 아팠다. 그것은 강파랑이 외할머니에게, 또 언니에게 받았던 배신감 못지않은 상처일 거다. 강파랑은 자신에게 상처를 준 사람들을 미워할 줄 알지만 둥이는 누구를 미워할 줄 모르는데 받은 상처를 어떻게 치유해나갈까. 갑자기 숨이 콱 막혔다.

둥이 꿈을 꿨다. 둥이가 과자를 들고 나에게 달려드는 꿈이었다.

"청바지 혀엉, 먹어."

둥이 목소리가 하도 커서 나도 모르게 벌떡 일어나 앉았다. 아직 어둠이 가시지 않은 이른 새벽이었다. 나는 둥이의 낡은 운동화를 보며, 둥이가 쓰던 공책을 보며 훌쩍거렸다. 박생도 없고 둥이도 없는 반지하 방. 진짜 넓다. 아흔아홉 칸 고래 등 같은 기와집도 이보다는 좁겠다. 아~씨, 진짜 미치겠다.

미스터 박을 찾아주세요

엄마가 부동산에 방을 내놓았다. 한국으로 와 육 년을 살던 곳이다. 구두쇠 집주인은 육 년 동안 도배와 장판을 다시 해주지 않았고, 그래서 벽 곳곳에는 박생과 둥이 그리고 엄마와 나의 체취와 자국이 남아 있는 곳.

나는 엄마를 이해할 수 없었다. 덜렁 방을 내놓으면 어디로 갈 거라고. 당장 필리핀으로 돌아갈 수 있는 처지도 아니다. 하지만 자신만만하게 일처리를 하는 엄마를 보면 뭔가 믿는 구석이 있는 것 같기는 했다.

방을 보러 오는 사람은 제법 되었지만 잘 나가지는 않았다.

"아휴, 너무 지저분해."

안을 들여다보자마자 인상부터 쓰는 사람이 있는가 하면,

"햇볕이 좀 들기는 드나요?"

반지하 방을 보고 말도 안 되는 질문을 하는 사람도 있었다. 하지만 교통이 편리한 곳이라는 장점 때문에 생각해본다는 사람이 몇몇 있었다. 그렇게 여러 사람이 들락거린 후 가계약금으로 십만 원을 주고 간 할아버지가 있었다. 돈이 적다는 엄마에게 약속은 꼭 지키는 사람이라며 걱정하지 말라고 했다. 그날 저녁 엄마가 심각한 얼굴로 나에게 얘기 좀 하자고 했다.

"리바이. 이제 방도 곧 나갈 거고, 미스터 박에게 엄마가 전화했어. 모레 약속해놨어. 나가서 만나."

만나야겠다고 생각했고 박생이 세상을 떠나지 않았다면 벌써 만났을 거다. 하지만 미스터 박을 만난다는 것은 여전히 낯설고 두렵고 그리고 망설여지는 일이다.

"만나면 미스터 박이 하자는 대로 해. 엄마는 네가 행복해지기를 바라니까. 너도 열일곱 살이니까 엄마 말 이해할 거야. 일단 미스터 박이 병원부터 가자고 할 거야. 그럼 따라가는 거야."

뭔 병원? 병원이라는 말에 가슴부터 덜거덕거렸다. 박생이 죽을지도 모른다는 마음의 준비는 하고 있었지만 박생의 죽음은 나에게 충격이었고, 지금도 병원이라는 말을 들으면 자꾸 박생 얼굴이 떠오른다.

"유전자 검사를 하재……. 리바이, 그건 당연한 거야."

엄마는 내 손을 꼭 잡았다. 유전자 검사…… 정말 아버지와 아들 관계인지 확인해보자는 말이다. 그래 당연하겠지.

"이십 년 가까이 지나서 아들이라고 나타나면 믿지 못할 수도 있어."

글쎄, 당연하다니까.

"확인하고 싶은 마음 이해해야 해."

이해는 한다. 하지만 기분은 영 그렇다.

"미스터 박은 결혼한 지 십 년이 되었는데 아직 아이가 없대. 다행이지."

엄마 입가에 살짝 미소가 번졌다.

"리바이. 우리는 운이 좋은 거야. 너도 필리핀에서 많이 봤잖아? 아빠도 모르는 아이들. 그 아이들이 얼마나 힘들게 살아가는지. 너는 미스터 박의 하나밖에 없는 아들이야."

하나밖에 없는 아들이라는 말을 할 때 엄마 목소리는 가늘게 떨렸다. 가까스로 찾은 미스터 박이 다행스럽게도 아이가 없으니 유전자 검사를 해서 아들인 걸 확인시키고 권리를 찾자는 말이다, 엄마 말은.

"엄마가 시키는 대로 해."

엄마 손에 땀이 촉촉이 뱄다. 나는 잠자코 엄마 말을 듣고 있었다. 그래도 미스터 박이 강파랑이 찾은 그 남자보다는 좀 나은 건가? 나의 존재를 아주 부정하지는 않으니. 그런데 기분은…… 참…… 더럽다. 적어도 내 생각은 그렇다. 부모와 자식이라는 게 꼭 유전자 검사와 같은 과학적인 방법이 동원되지 않더라도 서로가 통하는 게 있다고 믿었다. 나에게 미스터 박은 신기루와 같은 존재였다. 있는 것 같기도 하고 없는 것 같기도 하고. 나는 그런 존재인 미스터 박을 가슴에 넣고 수시로 꺼내 보며 어떤 날은 무덤덤하게, 또 어떤 날은 알 수 없는 그리움으로, 또 어떤 날은 막연한 원망으로 나와 함께 살게 했다. 그러면서도 단 한 번도 내 아버지임을 부정하지 않았었다. 미스터 박이라는 이름 안에서 끈끈한 어떤 것을 느낄 수 있었기 때문이다. 진심이다. 그런데 얼굴도 보기 전에 유전자 검사라는 말부터 듣다니.

"너는 미스터 박과 함께 사는 거야. 그게 당연한 거고."

엄마 눈에 눈물이 반짝였다.

"엄마는 필리핀으로 돌아가고 싶어. 외할머니가 많이 편찮으시기도 하고."

엄마는 손등으로 눈을 문질렀다. 아버지를 만나고 엄마와 이별하란 말이네. 뭐 이런.

"엄마도 너와 늘 함께하고 싶어. 하지만."

엄마가 말을 뚝 잘랐다. 그 뒷말, 다 안다.

“다 널 위해서야.”

엄마는 이십 년 가까운 세월을 지금 이 순간을 위해 살았는지 모른다. 나도 이런 순간을 수없이 상상했다. 하지만 미스터 박을 만나는 대신 엄마와 헤어져야 한다는 거는 말도 안 된다.

태어나는 순간부터 아슬아슬하기만 했던 내 삶이 이 선택으로 해서 튼튼해진다고 해도 이건 아니다. 나는 엄마와 함께하고 싶다. 하지만 나는 내 마음을 엄마에게 말할 수 없었다. 엄마가 이 날을 얼마나 절실하게 기다려왔는지 알기에. 어떤 게 엄마를 위하는 길인지 알기에.

똥박사에게서 전화가 왔다. 강파랑이 맡겨놓은 휴대전화가 똥박사 전용이다.

“강파랑 온다는 연락 없냐?”

“없는데요.”

“너는 잘 있냐?”

“예.”

“다행이다. 그럼 끊는다.”

싱겁기는.

“아 참.”

똥박사가 깜박 잊었다는 듯 소리쳤다.

“너 강주랑 어울려서 그거 즐겨 봤다면서?”

“예?”

“놀라기는. 강주가 다 불었어. 여자아이들이랑 어울려 다니며 요상한 짓하다가 딱 걸렸거든. 너도 같이 그랬다고 그러던데? 그거 볼 때는 네가 제일 열심이었다고 그러더라.”

“아닌데요.”

“아니기는. 학도네 집에 모여서 심심하면 봤다고 그러던데.”

“아니라고요.”

억울했다. 물론 보긴 봤다. 하지만 본 건 없다.

“아이 깜짝이야. 왜 소리는 지르고 난리야? 억울하면 네가 학교에 와서 강주하고 나하고 삼자대면하자고.”

똥박사는 전화를 딱 끊어버렸다. 속 터져 미치겠다. 강주 이 자식. 내가 없다고 제 마음대로 뒤집어씌운 모양이다.

엄마가 새벽부터 깨웠다. 미스터 박을 만나기로 한 시간은 열두 시다. 아직 한참 남았는데.

“리바이. 목욕을 다녀오는 게 어때?”

무슨 목욕씩이나. 나는 이불을 머리끝까지 뒤집어썼다. 이불에서 등이 냄새가 났다.

“응?”

도저히 엄마 고집을 꺾을 수는 없을 것 같았다. 주섬주섬 옷을 챙겨 입고 밖으로 나왔다. 날씨 한번 좋다! 더없이 밝게 빛나는 아침 햇살을 보자 가슴이 뛰기 시작했다.

아.버.지.

나는 목을 타고 넘어오는 아버지라는 말을 꿀꺽 삼켰다. 햇살이 너무 쨍해 눈물이 찔끔 났다.

때 빼고 광냈다. 국수 가닥 같은 때를 삼차에 걸쳐 밀고 찜질방에 들어가 땀도 뺐다. 얼굴에서 광채가 흘렀다.

전신 거울 앞에 섰다. 엄마가 미스터 박을 만났을 때 미스터 박의 나이는 열여덟 살이라고 했다. 지금 내 나이에서 더하기 일이다. 그때 미스터 박은 딱 지금의 내 모습이었을까. 나는 거울 속의 나를 미스터 박을 바라보듯 오랫동안 쳐다봤다. 그리고 온몸에 로션도 정성껏 바르고 요구르트 하나를 쪽쪽거리며 목욕탕에서 나왔다.

엄마는 내가 입고 나갈 티셔츠와 청바지를 다리고 있었다.

"시원하겠다."

엄마가 나를 보고 웃었다.

따르릉 따르릉.

그때 전화벨이 울렸다.

"누구지? 집으로 전화할 사람 없는데? 리바이, 한번 받아봐."

엄마는 다림질이 끝난 티셔츠를 옷걸이에 얌전히 걸으며 말했다.

"여보세요. 거기 박두웅 학생 집 맞지요?"

처음 들어보는 목소리다. 둥이가 다니던 학교 선생님 목소리도 아니고 복지관 복지사 목소리도 아니다.

"여기 박두웅 학생이 지내는 곳인데요. 좀 와주셔야겠어요."

잔뜩 가라앉은 목소리다.

"둥이한테 무슨 일이 있나요?"

불안함이 파도처럼 밀려왔다. 아니 쓰나미다.

"왜?"

엄마가 눈을 동그랗게 뜨고 다가왔다.

"두웅 학생이 며칠째 아무것도 먹지 않고 토하기만 해요. 병원에 다녀왔는데도 나아지질 않아요. 자꾸 청바지를 찾는데. 청바지를 가지고 와주시면 좋아질 것도 같은데. 청바지에 너무 집착을 해서 그런가 봐요."

둥이가 청바지를 찾는다는 말이다. 콧날이 시큰했다.

"예, 알겠습니다."

전화를 끊었다.

"왜 그래? 둥이에게 무슨 일 있대?"

"둥이가 아프대요."

"왜에?"

나는 고개를 숙였다. 둥이가 받았을 아픔이 내 몸 구석구석으로 파고드는 것 같았다.

"새로운 곳에 적응하느라고 그러는 거겠지."

"와 달래요."

와 달라는 말에 엄마 얼굴이 변했다.

"리바이 너는 모르는 척해. 그건 내가 알아서 할게."

엄마는 아무 일도 없었다는 듯 청바지를 마저 다렸다.

완전 기름통에 빠졌다 나온 아이처럼 빤질거리는 모습으로 집에서 나왔다.

"리바이. 찾아갈 수 있지?"

"예."

"잘할 수 있지?"

"예."

"예 예, 대답만 하지 말고 잘해."

엄마는 못 미더운지 버스 정류소까지 따라 나왔다.

"리바이……."

엄마는 버스 출입문이 닫히는 순간 내 이름을 부르며 뭐라고 말했다. 잘 듣지는 못했지만 보나마나 '잘해'라는 말이겠지.

버스를 타고 가는데 자꾸 둥이 생각이 났다. 저를 버리고 간 사람 그냥, 시원하게 잊으면 되는 거지, 왜 먹지도 못하고 토하면서 찾는담. 하긴…… 엄마도 그랬다. 필리핀에서 찾는 것도 모자라 한 국까지 와서 찾았다. 세상에는 잊지 못할 것이 있는 거다.

'자꾸 청바지를 찾아요.'

전화기 너머에서 들리던 목소리가 또렷하게 귀전에 울렸다. 나는 둥이의 잊지 못할 것 중에 하나인 거다. 나는 벌떡 일어났다.

'청바지를 가져다주면 좋아질 것도 같은데, 청바지에 집착하는 것 같아요.'

또 귀전에 울리는 목소리. 내가 지금 가지 않는다 해도 둥이는 두고 두고 나를 찾을 것이다. 잊지 못할 거는 죽어도 잊을 수 없으니까. 나는 버스에서 내려 시외버스 터미널로 가는 버스를 탔다.

"그래, 자식아. 청바지 간다."

나는 중얼거렸다.

둥이가 있은 곳으로 가는 버스표를 사며 나는 똥박사를 생각했다. 자신의 삶의 모양은 자신이 만드는 거라고 말하던 똥박사.

나도 이제 누에고치를 뚫고 나와 내 스스로 삶을 만들어갈 때가 된 것 같다. 단 한 번도 나올 엄두를 내지 못했던 누에고치. 나는 세상을 구경하고 경험해보기도 전에 두려워했고, 그래서 세상 밖으로 나갈 생각을 하지 않았었다. 제대로 영글지 못한 날개로 날아오르다 비와 바람에 그리고 강한 햇살에 상처 받을 걸 미리 겁나 했었다. 영원히 누에고치 안에서 살고자 했었다. 그것이 나를 지키는 길이라고 믿었던 거다.

'엄마 미안해요.'

나는 마음속으로 중얼거렸다.

─미스터 박을 찾아주세요

그 많은 날을 이렇게 외치던 엄마! 엄마가 이 날을 얼마나 기다려왔는지 알기에, 오늘 열두 시를 위해 살아온 엄마기에 진심으로 미안했다.

'둥이를 데려와야겠어요. 처음으로 제 의지대로 하는 선택이에요.'

누에고치를 뚫고 나오면 어려움이야 당연히 있겠지. 둥이를 평생 책임져야 한다는 거, 함께 살아나가야 한다는 거, 결코 쉽지 않을 거다. 하지만 피하지 않을 거다.

나는 오늘 내 삶에 둥이를 넣는 거다. 나만의 모양을 만들어가는 거다. 히죽 웃음이 나오며 뿌듯해졌다. 순간순간 내가 마구 자라는 그런 기분이다.

"당장은 만나지 않더라도 미스터 박이 아버지라는 사실은 변함이 없잖아요. 언젠가는 만나게 될 거예요."

나는 버스에 올라타며 엄마가 옆에 있는 것처럼 또박또박 말했다. 그건 세상이 뒤집어진다고 해도 영원히 변하지 않는 사실이다. 유전자 검사를 하지 않아도, 과학적으로 증명해 보이지 않아도 아들과 아버지는 그저 아들과 아버지인 거다.

멀리 둥이가 있는 곳이 보이기 시작했다. 가슴이 뛰었다. 마치 둥이와 헤어진 지 몇 년이 지난 것 같다. 청바지 혀엉~ 하고 부르는 둥이 목소리가 귓가에 쟁쟁하게 울리는 듯했다.

버스에서 내려 힘껏 뛰었다. 둥이가 바로 저곳에 있다는 생각에 마음이 더 급해졌다.

부르르 부르르.

그때 휴대전화가 울렸다.

“여……보……세요?”

숨이 차서 말이 잘 나오지 않았다.

“여보세요?”

당연히 똥박사라고 생각하고 받았는데 다른 목소리다. 나는 우뚝 멈춰 섰다.

“리바이. 왜 그렇게 숨차하니?”

강파랑이었다.

“…….”

“학교니? 체육 시간이야?”

강파랑 목소리가 밝았다.

“그래, 체육 시간이다.”

말을 하는데 눈물이 주르르 쏟아졌다. 가을이지만 오후 햇살은 강했다. 하지만 햇살이 강한 탓만은 아니었다.

　몇 년 전 필리핀에 나가 있던 딸로부터 기막힌 이야기를 들었다. 그곳에서 알게 된 필리핀인이 대뜸 '서울에 사는 미스터 박'을 찾아달라고 하더라는 거다. 서울에 사는 박씨 성을 가진 남자가 어디 한둘인가. 그 이야기를 듣고 나는 웃음부터 터뜨렸다. 하지만 이어지는 이야기를 들으며 마음이 짠해졌다. 그녀가 찾고 있는 미스터 박은 바로 그녀 딸아이의 아빠라는 것. 필리핀으로 어학연수를 왔다 간 학생이라는 것이다. 유학생들은 필리핀 현지에서는 영어 이름을 쓰기 때문에 한국 이름은 모른다고 했다. 어학연수를 왔던 남자는 돌아가고 이름도 모르는 남자의 아이를 낳았다니 기막힐 노릇이 아닐 수 없다.

　결국 미스터 박은 찾을 수 없었고 그녀는 생계를 위하여 두바이의 어느 호텔에 취업해서 떠났다. 딸은 친정엄마에게 맡겨 놓은 채였다. 얼마 전 두바이에서 지내고 있는 모습을 사진으로 볼 수 있었는데 활짝 웃고 있는 그녀 옆에는 아랍계 남자가 서 있었다. 다정한 모습으로 그들의 관계를 짐작할 수 있었다. 나는 그날 밤, 할머니에게 맡겨진 채 코피노라는 이름으로 살아가는 그녀의 딸을 생각하며 가슴 아파했다. 아빠의 존재도 모르고 엄마의 자리까지 텅 빈 채 살아가는 그 아이의 삶이 결코 녹록지 않으리라는 생각에 어떤 책임감이 느껴지기도 했다.

나는 '미스터 박'의 이야기를 쓰지 않을 수 없었다.

글 속에서 미스터 박의 아들로 나오는 리바이, 그리고 리바이 친구인 강파랑을 닮은 아이들은 세상 곳곳에 수없이 존재한다. 자신의 의지와 상관없이 세상에 나오는 아이들. 물론 본인의 선택에 의해 태어나는 사람은 이 세상에 존재하지 않겠지만 원하지 않는 특별한 아이로 태어난다는 것은 태어나는 순간부터 열등감이 되기도 한다. 리바이 역시 자신의 출생과 처지에 세상 밖으로 힘차게 뛰어나가는 걸 일찌감치 포기하고 지냈고, 강파랑은 새롭게 알게 된 출생의 비밀로 방황하게 된다. 하지만 이 두 아이에게는 그 흔하고 흔한 반항심은 보이지 않는다. 도리어 자신들에게 상처를 준 어른들을 걱정하고 안타까워한다.

인생을 살다 보면 예상치 못한 많은 일들을 겪고 좌절하며 쓰러지기도 한다. 하지만 무섭고 두려웠던 일들도 지나고 보면 그렇지 않다는 걸 알게 되고 앞이 막막했던 공포도 벗어나 보면 참을 만했다는 것을 알게 된다. 그러한 것들은 도리어 삶의 지혜가 되기도 한다. 나는 글을 쓰며 그걸 알고 있는 리바이와 강파랑이 대견했다. 그래서 수없이 그 아이들의 귀에 대고 '고맙다'라는 말을 속삭였다. 참으로 고마운 아이들이 아닐 수 없다.

지금 필리핀 어딘가에 살고 있을 미스터 박의 딸인 그 아이의 앞날도 그리 녹록지는 않을 것이다. 많은 분노와 좌절을 경험할 거라고 짐작한다. 울고 싶은 날도 수없이 찾아올 것이다. 그렇다면 부디 그 시절을 리바이와 강파랑처럼 건강하게 잘 견디기를 진심으로 바라며 그 아이의 앞날에 응원의 박수를 보낸다. 이 글에 나오는 똥박사 말대로 세상은 진정 공평하다. 고통을 이겨낸 사람일수록 그다음 삶은 더 멋진 법이다.

박현숙

　낚시 용어 중에 '바늘털이'가 있다. 낚싯바늘에 걸린 물고기가 바늘을 빼내기 위해 수면 위로 튀어 오르는 것을 뜻한다. 청소년기를 생각하면 그 서슬 퍼런 노여움의 행위가 떠오른다. 그런 측면에서 보면 이 소설의 상황은 최악이다.

　주인공 나, 리바이는 아빠가 고등학교 때 필리핀으로 어학연수를 와 낳은 아이다. 소위 코피노라 명명되어지는 존재다. 일주일간의 짧은 교제라서 엄마는 아빠의 영어 이름 조오지와 박이라는 성밖에 아는 것이 없다. 그리고 같은 반 친구인 강파랑은 어린 미혼모에게서 태어나 외할머니의 딸로 산다. 소설은 두 주인공을 축으로 하여 낚시에 걸린 물고기처럼 펄펄 뛰듯이 치달린다. 박현숙의 『Mr.박을 찾아주세요』는 성숙치 못한 관계의 부산물들이 벌이는 치열한 바늘털이다. 그리하여 자신을 꿰고 있는 현실이라는 예

리한 낚싯바늘을 빼내기 위해 몸부림친다.

외국 혼외 자녀는 저 멀리 베트남 전쟁에서부터 시작되었고 지금은 어학연수나 각종 방문으로 그 수가 점점 늘어나고 있다. 그리고 한 해 동안 우리나라의 혼외 자녀의 수가 1만 명이 된다고 한다. 그렇다면 그들을 과연 성숙치 못한 관계의 부산물로만 치부할 수 있을까? 소설의 고민도 여기에서 비롯된 듯하다. 몇 해 전 모 아동문학상의 대상 수상으로 주목을 받았던 작품 『크게 외쳐!』를 보더라도 박현숙은 작품 속에 현실이라는 낚싯바늘을 어김없이 들이댄다. 그러나 심사평에도 나와 있듯이 작품 면면에 깔린 짙은 인간애로 인해 치유를 병행한다는 사실이다.

다행스럽게도 소설 『Mr. 박을 찾아주세요』에서도 예외는 아니다. 낚싯바늘의 진짜 아픔은 미늘이 준다. 소설에서는 박생을 통해, 똥박사를 통해 낚싯바늘 안쪽에 있는 날카로운 미늘을 조심스레 제거해주고 있다. 그리고 작가 자신이 표나지 않게 등장인물 하나하나에 애정을 퍼붓고 있는 것이 믿음직스럽다. 미늘이 제거된 낚싯바늘은 한 번의 바늘털이로도 충분하다. 대신 딛고 뛰어오를 수 있는 넓고 깊은 물이 있을 때 가능한 일이다. 소설 『Mr. 박을 찾아주세요』는 충분히 그런 바다가 되어주고 있다.

홍종의(동화작가)

Mr. 박을 찾아주세요

© 박현숙, 2012

초판 1쇄 발행 2012년 11월 23일
초판 3쇄 발행 2018년 4월 13일

지은이   박현숙
펴낸이   정은영
편집   사태희 윤민혜
마케팅   이경훈 한승훈 윤혜은 황은진
제작   이재욱 박규태

펴낸곳   (주)자음과모음
출판등록 2001년 11월 28일 제2001-000259호
주소   04047 서울 마포구 양화로6길 49
전화   편집부 02) 324-2347 경영지원부 02) 325-6047
팩스   편집부 02) 324-2348 경영지원부 02) 2648-1311
이메일   jamoteen@jamobook.com

ISBN 978-89-544-2837-8 (43810)